西遊記

原著　吳承恩
改寫　魯冰
繪圖　朱延齡
監製　孫家裕
審校　楊昌年

忍苦求成，人生指標

臺師大國文系教授 楊昌年／導讀

名列古典長篇四大奇書之一的《西遊記》（另三本是《三國演義》、《水滸傳》、《金瓶梅詞話》）內容啟示十分豐富，筆者今作簡析，提供為讀者們的參考。

胸中磨損斬邪刀

這一節是依歷史論（作家）批評線路來看作品。作者吳承恩（西元 1500 至 1582 年，明孝宗弘治十三年至明神宗萬曆十年），家道沒落淒涼，困苦力學，可惜在中秀才之後，科場困頓，直到四十四歲才中「歲貢」（算是對老秀才的安慰獎），做過「縣丞」小官，又與他才人不為五斗米折腰的性格相違，一年後辭職。自此蹭蹬坎坷，老貧無子，境遇淒涼，一輩子抑悒，反得八十三歲高壽，委實是可悲的反諷。

吳承恩所處的時代，皇帝世宗（嘉靖）是明中葉以後的第二位昏君（第一位是「遊龍戲鳳」的明武宗），這位皇帝篤信仙道，一生致力於採補延年，曾令民間選送十四、五歲的少女數百名入宮來供他煉內丹。寵幸道士小人陶仲文，封他以一身而兼三孤（少師、少傅、少保）。又信任奸佞嚴嵩（這人具有虐待狂，居家命侍婢張口承接他的痰涎，叫做玉唾盂）、嚴世蕃父

子，把持朝政。嘉靖二十一年宮婢楊金英謀刺失敗，世宗從此深居不出，日與道士、宦宦為伍，棄朝政於不顧。如此昏君，偏偏長命，在位前後四十五年，加重了明代黑暗王朝終於亡國的癥結。

吳承恩於嘉靖二十九年入京候選，在京三年，親見京都朝政昏暗……俺答入寇，大將軍仇鸞畏敵，以開馬市的變相輸款方式議和。國事日非，兵部主事楊繼盛上疏舉奸，震動朝野。昏君不察，反將楊繼盛廷杖繫獄……各種敗亂昏黑的現象，影響到吳承恩。只是他空有正義膽識，無奈人微言輕，既無權位，也使不上力道，他的苦悶可想而知。積壓著的生命動力與苦悶既不能由立功路線來施展揮發，就只好迫得轉向去立言的創作天地裡以變型來抒發交代。這，就是他創作《西遊記》的源頭了。

在他的〈二郎搜山圖歌〉長歌中，寓含了他的創作意識：「……終南進士老鍾馗，空向宮闈啗虛耗，民災翻出衣冠中，不為猿鶴為沙蟲。坐觀宋室用五鬼，不見虞廷誅四凶。野夫有懷多感激，撫事臨風三歎息。胸中磨損斬邪刀，欲起平之恨無力……」詩中明白指出民災出於宮廷、官宦，朝廷誤用奸佞。儘管作者充懷斬邪壯志，又其奈無拳無勇，乏力不能何！四百多年以後，今日的讀者們，該當了解這位才人的抑悒，以一聲無奈的長歎來憑弔於他。

天上人間總不平

《西遊記》一書，假託唐代，構成的三部分中，齊天大聖故事與八十一難兩大部分，又都假託天上仙佛宮廷。其實這是作者的無奈隱晦，轉移偷渡。依社會文化論（時代背景）批評線路來看，它，正是一部時代由明及唐，地域由人間至天上的，充含著強烈諷世意識的寫實作品。

孫悟空西行所遇的各色妖魔，讀者們或許會奇怪，以他齊天大聖的本領，怎能奈何不了？每一次都要去查明妖魔的來源，都是仙佛座下的侍童、走獸。要他（牠）們的主子出面來領回去管教。指涉對象正就是皇帝的近臣、近親，仗著主子或親屬的勢力為非，魚肉百姓善良。皇親國戚為害有二次（李天王之女、西海龍王之甥），遠不如近臣宦豎、特務倀狗的荼毒酷烈，竟有十二次之多（抽樣如觀世音菩薩座下的金魚、金犼；太上老君座下的兩童、青牛）。這些倀狗一身罪惡，結果竟然無事，最多只不過由主人出面求情，連正義憤怒如悟空者也只好賣人情，讓這些上仙大佛把走狗帶回去管束；原因是走狗們本就是當權者培養出來的心腹爪牙，儘管人人對此切齒痛恨，當權者卻絕無斷爪牙之理。

升天成佛我何能

依心理學批評線路來看《西遊記》資料：如唐三藏西行，以手指心說：「心生種種魔生；心滅種種魔滅。」說明人類的起心動念，多有妄念（邪魔），糾改之道，必應強化心理自制功能。

依神話原型（人性）批評線路來看：作者的五行之說在書中顯現：唐僧是「水」；悟空是「火」與「金」；八戒是「木」；沙僧是「土」。水生木，所以唐僧喜歡八戒。水火相剋，故悟空與唐僧不和，但悟空的金又可生唐僧的水。八戒的木可生悟空的火，但又被悟空的金所剋。沙僧的土可生悟空之金，而悟空的火又可生沙僧的土。這本是屬於與「經學」相等相對的「緯學」範圍，傳達自然與人類原型的關係，國人早期的智慧，只是未經科學實證，所以迄今還不能普遍認知。邇近科學研究對人類「基因」已有突破，相信假以時日，這些珍貴不明就裡的國族文化遺產，總會廓然明朗，完成為提升人性、調適人生最為重要實用的理論系統。

忍苦求成的人生意義

孫悟空以一介潑猴練成了無上法力，註銷了生死簿，上天大鬧天宮。玉帝奈何他不得，封他做個「弼馬溫」。其後他偷食蟠桃，又發現這弼馬溫只不過是個管馬的小小芝麻官，原本只是天宮官場政客，虛偽羈縻的一種權術手段，一怒之下，悟空再返天宮，爭到了「齊天大聖」尊貴的地位。如此的威力恣放，顯赫事功，所象徵的當然就是高才抑悒，困逆一生的作者吳承恩的補償心理，藉著這一份快意的假象平衡，來稍慰、紓解他沉重如石的壓抑。

果如此，那只是自吹自擂，又有什麼價值？

追尋—歷難—成功—追尋……本就是我們人類生活圓型回歸的律則。該當重視的是那胼手胝足、吞淚飲泣的歷難過程。人生多是先苦後樂，甚至可說苦即是樂。而在經歷之中，又必然造就了我們的改進成長，使能超離凡俗，趨向理想而接近理想。基於此，西天求經就必須一步步歷經艱危，忍苦求成。非如此不能符合人生「力行」的意義價值。

看《西遊記》，必須了解到作者的創作意識。八十一難是悟空的完成，也是作者吳承恩的漸修完成。這位高壽數奇、蹭蹬一生的才人，終於在艱危的世途之中，尋得了他內心的桃源，建立起他的自處之道與正確心態，相信他在這種難能可貴的了悟之後，已能平和欣悅，再無憤嗟。聰明的讀者在此認知之後，是否也該揹起我們自己的十字架，首途向修行目的出發了吧！

作者簡介

吳承恩

吳承恩（1506 － 1582），字汝忠，號射陽山人或射陽居士，江蘇人。其代表作為《西遊記》。

《西遊記》，是中國「四大名著」之一，在中國及世界各地廣為流傳，被翻譯成多種語言。相傳於 16 世紀明朝中葉，由明朝的吳承恩所著。書中講述唐三藏與徒弟孫悟空、豬八戒和沙悟淨等師徒四人前往西天取經的故事。

書中「大鬧天宮」、「三打白骨精」、「孫悟空三借芭蕉扇」等故事情節家喻戶曉。近代更被廣泛改編成各種地方戲曲、電影、電視劇、動畫片、漫畫等版本。

故事就從這裡開始……

海上有個島，島上有座山，山上遍地開鮮花，滿樹結果子，有花，有果，就叫做花果山。花果山的頂上，有塊很大很大的石頭。很久很久以前，不知道是哪一年，哪一天，忽然「轟隆」驚天動地一聲響，石頭裂成兩半，骨碌碌從裡面滾出個石蛋，石蛋讓風一吹，就變成一隻猴子，這隻石猴跟別的猴子一樣，會爬會走，站著像人，趴著像狗。

　　花果山上，猴子很多，這隻石猴就跟著別的猴子摘果子吃，吃飽了，打打鬧鬧，一起玩耍。

　　某一年夏天，天氣熱極了，猴子們成群結隊在松樹下面玩。一會兒，又來到小溪邊，撲通撲通跳到水裡去洗澡，水又清又涼，真痛快！

　　有隻猴子瞧著溪水嘩嘩流，就問：「這溪水是從哪裡流來的？咱們沿著小溪往前走，瞧瞧去。」

　　大夥都說：「走，走，瞧瞧去！」

　　沿著小溪走呀走，走了好遠，才看見前面山峰連著山峰，有一股水從很高很高的山坳裡直沖下來，好像掛著一匹白布，他們明白了，原來溪水是從瀑布這裡來的。

　　猴子們樂得直拍巴掌，亂嚷亂叫。有隻猴子說：「誰有本事鑽到瀑布裡又鑽出來，咱們就拜他做大王。」

「對，對！誰有這個本事，咱們拜他當大王！」

可是誰也不敢。水那麼急，多危險！

「我去，我去！」

誰在嚷嚷？大夥一看，喲！是那隻石蛋變的猴子呀！哄的一下，大夥笑了起來：「石猴，石猴，你別吹牛。吹破牛皮，栽個跟頭。」

石猴不理他們，閉緊眼睛，猛地將身子一縱，跳進瀑布裡。石猴睜開眼睛一看，這裡沒有水呀！原來他穿過瀑布，跳到瀑布的後面來了。這瀑布後面的山崖上有個洞，洞口上面寫著三個大字「水簾洞」。不錯，不錯，瀑布掛在洞口，真像一張簾子。

石猴走進水簾洞，發現洞裡好大！裡面擺著石頭的桌子、石頭的床，還有石頭的盆子、石頭的碗，就像一戶人家，真是個好地方！他趕緊走出洞來，又一跳，穿過瀑布，把他看見的跟大夥說。大夥都聽呆了，有的瞪著眼，有的張著嘴。真有這樣的事嗎？

石猴說：「你們不信，我帶你們進去瞧瞧。」

大夥就學石猴的樣子，閉緊眼睛，猛地將身子一縱，也跳到瀑布後面。他們一進水簾洞，立刻鬧翻了天，這個搶石

盆，那個搶石碗，這一夥爭著在石床上打滾，那一夥把石桌搬過來又搬過去，鬧著玩兒。

「喂，喂，別鬧了！」石猴大聲嚷起來，「你們剛才說，誰有本事跳到瀑布裡又跳出來，就拜他當大王。我進進出出，還替大夥找到個好地方，又遮風，又避雨，往後一到晚上，大夥可以上這兒來，安安穩穩睡大覺。你們為什麼不拜我做大王？」

大夥一聽，趕緊讓石猴在石床上坐好，一齊朝他拜了三拜，稱他「美猴王」。

石猴做了美猴王，白天帶著大夥在山上玩兒，採果子吃，夜晚領了大夥進水簾洞睡覺，就這樣過了幾百年。

有一天，美猴王突然皺起眉毛，半天不說話，很不開心的樣子。大夥問他：「大王啊！咱們在這花果山上，每天吃飽喝足了，就是玩耍，你還有什麼不高興的事呢？」

美猴王搖搖頭說：「我就是為這個不高興呢！一天又一天，一年又一年，盡是吃呀，喝呀，玩呀，真沒意思！咱們也得學些本領才好。」

大夥聽了，就七嘴八舌的說：「對，對，咱們是得學點本領，這花果山上，就數大王本領最大，我們就跟大王學本

領吧！」

美猴王說：「你們跟我學，我又跟誰學呀？」

有一隻老猴知道的事情多，他想了想說：「世界大得很呀！不只咱們花果山一個地方。大王想學本領，得飄洋過海，找個師父。」

美猴王覺得有道理，就叫幾隻猴子去拔樹，一根根拿野藤紮在一起，做成木排，嗨喲嗨喲的抬到海邊，再推到水裡去。美猴王跳上木排，飄洋過海找師父學本領去了。

木排在海上飄飄蕩蕩，正好碰上東南風吹得緊，把美猴王一直往西北方向送。一天，他看見前面有一片陸地，趕緊把木排撐過去，揀了個水淺的地方，一靠，跳上岸去。

海邊有的人在捉魚，有的人在曬鹽巴。美猴王悄悄地走到人跟前，向人們扮個鬼臉，大家都被他嚇壞了，大叫：「快跑，快跑，妖怪來了！」瞬間，所有的人全跑了。有個人跑得慢，被美猴王一把抓住，把他的衣服剝下，帽子、鞋子也脫下來，才放他走。美猴王披上衣服、戴了帽子、穿著鞋子，搖搖擺擺進了城、上了街、看見人們行禮，就學著行禮，聽見人們說話，就學著說話，這一來，就有點兒像人了。

美猴王在陸地一住八、九年，大城市、小村子全走遍了，

也沒找到個有本領的師父。他跑到西海岸，決心再過海去找師父，他又做了個木排，飄過西海，來到另一片陸地。

美猴王已經學會不少人話，他一路走，一路問。打聽到方寸山有個三星洞，洞裡有位須菩提祖師，是個活神仙。

他就翻山越嶺，來到方寸山。找著三星洞後，美猴王走近一看，洞門關得緊緊的，就坐在洞口等，等呀等呀，坐不住了，抬頭一看，松樹上結了許多松果，就吱溜一下上了樹，坐在樹枝上摘松果，吃得嘎吱嘎吱響。

「伊呀」一聲，洞門開了，走出來一個小孩子，朝樹梢上看了一眼說：「誰呀？在這兒瞎胡鬧！」

美猴王跳下樹，回答說：「是我，是我，我可不敢瞎胡鬧，我是來拜師父學本領的。」

那個小孩子說：「啊！怪不得祖師對我說：『出去瞧瞧，外面來了個人，是來學本領的。』敢情就是你！」

美猴王覺得奇怪，這祖師在洞裡怎麼知道來了個人，還知道是來學本領的呢？他趕緊把衣服扯直，帽子戴正，又拍了拍鞋子上的泥，才跟著小孩子進洞。洞裡十分寬敞，屋子一幢又一幢，走到一間廳堂裡，美猴王看到一位白鬍子老爺爺，坐在中間座位上，他就是須菩提祖師！兩邊站著三十個

徒弟，靜悄悄的沒一點聲音。

美猴王撲通跪下，咚咚咚，一連磕了好幾個響頭，請求說：「師父，我飄洋過海十幾年才到這裡，請收我做徒弟吧！」

祖師問：「你姓什麼？」

「我沒有姓。」

「沒有姓？你的爹娘呢？」

「我也沒有爹娘。」

「怪了，怪了！沒爹沒娘，你是樹上長出來的嗎？」

「也不是樹上長出來的，我是花果山的石頭裡蹦出來的。」

祖師點了點頭，叫他起來走幾步路，讓大家看看。

猴子的腿伸不直，走起路來一拐一拐，像個瘸子。他站起來，拐呀拐的走了兩圈，祖師看得大笑起來：「哈哈哈，原來你是隻猢猻呀！我給你取個姓，你就姓『孫』吧！」

石猴出生幾百年了，到今天才有了姓，他怎能不高興呢？

「師父，師父，你給我取了個姓，再給我取個名字吧！」

祖師想了想說：「你就叫『悟空』，好不好？」

「好，好，好！從今天起，我有名有姓了！孫悟空，我叫孫悟空，哈哈哈。」

孫悟空在三星洞學本領，眼睛一眨，十年過去了。有一天，祖師帶著徒弟們出洞散步，問孫悟空：「你本領學得怎麼樣了？」

孫悟空畢恭畢敬的回話：「師父，你教的七十二變，我全學會了，我還會騰雲駕霧呢！」

「哦，騰雲駕霧？我還沒教，你怎麼會了？」

「是我自己練出來的。」

「那好，你就在這裡試一試，讓我和你師兄們瞧瞧。」

孫悟空正想露一手，他翻了個筋斗到高空，半天才回來，對祖師說：「師父，我不是會了嗎？」

祖師看了直搖頭：「這叫騰雲駕霧呀？來回六里路，花了半天時間，這麼慢，只能叫做烏——龜——爬。騰雲駕霧嘛，身子一閃，就是上萬里路哩！」

孫悟空一聽呆住了：「喲！這有多難呀，我怕學不會。」

祖師說：「只要有決心，再難的事也不怕做不成。」說到這裡，祖師湊著孫悟空的耳朵，把騰雲駕霧的口訣告訴了他，

接著對他說：「你不是愛翻筋斗嗎？我剛才教你的就叫『筋斗雲』，一筋斗能翻出十萬八千里。」

孫悟空把口訣記在心裡，每天勤學苦練，就學會了。

祖師看孫悟空學會筋斗雲，就對他說：「悟空，你本領學得差不多了，回花果山去吧！」

孫悟空捨不得師父和師兄們，可是他離開花果山十多年了，心裡挺想念他那群老老小小的猴子，就向師父磕了頭，跟師兄們說了再見，回花果山去了。這回可快了，他翻了個筋斗就到了。

花果山的猴子們正在洞口玩，忽然聽見半空像打響雷一樣，有人大喊：「我來了！」他們抬頭一看，不得了，一個怪

物駕著雲頭，正朝他們頭頂落下，嚇得他們往樹叢、草窩、石頭縫裡亂鑽亂竄。一隻猴子膽子大，他從草裡伸出頭，定神瞧了瞧，急忙叫起來：「別躲，別躲，是大王回來了！」

猴子們圍著孫悟空，七嘴八舌的問：「大王，你為什麼去了那麼久才回來？」

「大王，你學會了些什麼本領？快教教我們。」

孫悟空說：「別的你們怕學不會，你們就跟我耍刀槍吧！」

大夥就拿竹竿、樹枝當刀槍，跟著孫悟空耍起來。

若真的打起仗來，竹竿、樹枝有什麼用？得有真刀真槍才行。

孫悟空正在發愁，幾個老猴說：「從咱們花果山往東二百里水路，有個傲來國，一定有銅匠鐵匠會打兵器，大王到那兒去有現成的就買，沒現成的就請他們打幾件。」

孫悟空聽了很高興，一筋斗翻到傲來國的首都。他從雲頭往下看，大街小巷，人來人往，熱鬧極了。他想，這地方

準有現成的兵器買，可是我哪有錢買呢？不如想個法子弄件回去。

　　孫悟空吹了一口氣，就颳起一陣狂風，飛砂走石，嚇得人們躲在屋子裡不敢出來，他跳下去，大搖大擺地走進王宮，找到兵器庫，進去一看，刀槍劍戟，多得數也數不清，而他只有兩隻手，怎麼拿呢？孫悟空靈機一動，想到「分身法」，他從身上拔下一把毫毛，放在嘴裡嚼爛了再噴出來，叫了一聲「變！」那些毫毛就變出上百成千的小猴子。小猴們力氣大的拿六七件，力氣小的拿三四件，把兵器搬了個空。孫悟空又叫來一陣大風，把小猴們全送回花果山去。

　　從這天起，花果山可熱鬧了，一大清早，大大小小的猴子有四萬七千多隻，排好隊，等孫悟空點了名，就開始練武操兵，刀呀，槍呀，碰得叮叮噹噹響。

　　孫悟空看大夥練得挺認真，心裡很高興，可是他覺得自己的這把刀實在太輕，使起來不帶勁。

　　一隻老猴看出他的心意，幫他出主意說：「大王本領高強，是得有件好兵器。聽說東海龍王的水晶宮裡，寶貝多得很，要是向老龍王要到一件兵器，準能滿意。咱們這條小溪直通東海。不知道大王能不能下水？」

孫悟空聽了，滿心歡喜，說：「我呀！火燒燒不焦，水淹淹不著，哪兒都能去。」說完，撲通跳進小溪，一直朝東海走去。海水一看見他走來，就嘩嘩嘩嘩朝兩邊讓出一條大路來。

孫悟空走到水晶宮裡，對老龍王說：「龍王老頭兒，我住在花果山，是你的鄰居。這些天，我教小的們練武藝，小的們有了刀槍，可是我老孫少了件趁手的兵器。聽說你這水晶宮裡寶貝很多，特地來向你討一件兵器使使。」

龍王心想，人家找上門來，就給一件吧！他馬上叫一個蝦兵一個蟹將，抬出一桿叉來。

孫悟空拿起那桿叉，使了一會兒就放下，說：「輕，輕，輕，太輕了！」

老龍王驚呆了：「這桿叉有三千六百斤重，還說輕呀？」又叫了兩個蝦兵兩個蟹將，抬出一桿七千二百斤重的戟來。

孫悟空接過來使了使，搖搖頭說：「也還輕，勞駕再給我挑一件。」

這可叫老龍王為難了：「水晶宮裡就數這桿戟最重，你還嫌輕，我再也拿不出更重的了。」

孫悟空往椅子上一坐，說：「再找找吧！你什麼時候找

到了，我什麼時候走。」

龍婆從裡面走出來，瞅了孫悟空一眼，在老龍王耳邊悄悄說：「大王，這猴子耍賴了。海底不是有根鐵棒嗎？給了他，讓他快點走吧！」

那根鐵棒是測量海水深淺用的。老龍王實在想不出別的辦法，只好對孫悟空說：「海底有根鐵棒，要是你用得著就拿走吧！」

孫悟空說：「請拿出來讓我瞧瞧。」

老龍王搖搖頭說：「這根棒重得很哪！誰也抬不動，得請你自己去拿。」

「好，好，越重越好！」孫悟空一聽樂了，就問：「鐵棒在哪裡？快給我帶路。」

老龍王帶孫悟空出了水晶宮，一直走到海底，看到一根又長又粗的鐵棒，放出萬道金光。孫悟空用手摸了摸說：「好是好，可惜太長太粗了，我怎麼拿呢？」

說也奇怪，這鐵棒懂得孫悟空說的話，一下就變得短了些，細了些。

「真好玩！再短些細些。」

鐵棒變得更短更細，孫悟空拿在手裡一看，兩頭有兩個金箍，上面寫著五個字：「如意金箍棒」。這金箍棒有一萬三千五百斤重。要它大就大，要它小就小；大可以捅到天，小則像根繡花針，放在耳朵裡，誰也看不見，真是一件寶貝。

　　孫悟空拿了金箍棒，回到水晶宮，笑瞇瞇地說：「龍王老頭兒，謝謝你了，不過還有件事要麻煩你。我有了兵器，還少一副盔甲，你就送我一副吧！」

　　老龍王說：「哎呀，盔甲我這裡可沒有，請你到別的地方去問問吧！」

　　孫悟空一聽生了氣，拿金箍棒就耍了起來，這一耍可不得了，水晶宮搖呀晃呀，差點坍下來，嚇得老龍王大叫：「停一停，停一停，你讓我想想法子。」

　　孫悟空這才收住金箍棒。老龍王趕緊叫蝦兵蟹將敲鐘打鼓，不一會兒，南海龍王、北海龍王、西海龍王全趕到了。

　　東海龍王把孫悟空討兵器又要盔甲的事說了一遍。三個老弟聽了都氣壞了：「這猴子不講理，把他捆起來。」

　　老龍王又是搖頭又是擺手：「不行，不行！這猴子屬害得很。一萬三千五百斤重的金箍棒，拿在手裡隨便耍，誰讓

那金箍棒輕輕碰一下，誰變成肉餅子。你們有什麼盔甲，趕快給他一副，要不，我這水晶宮保不住了。」

三個龍王一聽，也嚇壞了，只好湊齊一副盔甲，送給孫悟空。孫悟空頭戴金盔，身披金甲，真是威風凜凜！他朝四海龍王說聲：「打擾了！」就神氣活現的回花果山了。

孫悟空大鬧水晶宮，東海龍王越想越氣，就到天上的玉皇大帝那兒去告狀。玉皇大帝聽了也火冒三丈，正要派天兵天將到花果山去捉拿孫悟空，一個老頭兒說了話：「慢來，慢來！我想孫悟空不過是個小小的毛猴，用得著派天兵天將嗎？依我看，不如讓我去走一趟，把他叫上天來，給他個小官當當，他就不會再瞎胡鬧了。」

玉皇大帝一看，說話的是太白金星，覺得他說得也有道理，就同意了。太白金星出了南天門，來到花果山，走進水

簾洞，見了孫悟空就說：「恭喜，恭喜！大王你要做官了。我是玉皇大帝派來的天使，特地來請你上天去做官的。」

孫悟空早聽說天上有個天宮，天宮裡有座靈霄寶殿，正想去玩玩，就叫：「快擺酒席，招待客人。」

太白金星說：「不敢，不敢！請大王這就起身，跟我老頭兒一起上天去。」

孫悟空手下有四個猴將軍，孫悟空對他們說：「你們好好帶領大夥練武操兵。我先去看看上天的路怎麼走，以後也好帶你們到天宮去玩玩。」說完就和太白金星走出水簾洞，一起上天去。

進了南天門，來到靈霄寶殿，太白金星叫孫悟空在外面等著，自己進去報告玉皇大帝。

「嘿嘿，我不動一刀一槍，就把那個妖仙收伏了。」

玉皇大帝問：「哪個是妖仙？」

孫悟空早聽見了，走到玉皇大帝跟前，一不磕頭，二不跪拜，大叫一聲：「就是我老孫！」

兩旁的文武官員都嚇呆了，悄悄地說：「這個野猴，見了玉皇大帝也不跪拜，還那麼一聲大喊，震得耳朵嗡嗡響。

真是該死，該死！」

玉皇大帝看見孫悟空那樣子，覺得好笑，就說：「孫悟空剛來，不懂禮節，可以原諒。」接著問兩旁的文武官員，「你們看看，哪裡少個官兒？」問來問去，只有御馬監少個頭兒，就封孫悟空做「弼馬溫」，到御馬監去管馬。

天宮裡有上萬匹天馬，御馬監就是餵養這些天馬的地方，御馬監裡有割草的、燒料的、餵馬的，還有給馬洗澡刷毛的，人可不少。「弼馬溫」是個頭兒，也算是個小官。

這些天馬見了孫悟空搖搖耳朵，擺擺尾巴，跟他挺親熱。

孫悟空也很喜歡這些天馬，白天黑夜的用心看管它們，才半個多月，天馬一匹匹長得都很壯實。

一天，孫悟空和大夥一起喝酒，他忽然問起：「噯，我這個『弼馬溫』是多大的官兒？是大官，還是小官？」

大夥說：「說不上大小。」

「啊！說不上大小，那一定是頂大頂大的大官了。」

「不大，不大；最小，最小。把馬養好了，沒事。要是馬瘦了，你就等著挨罵吧！如果馬受了損傷，嘿，不打你的屁股那才怪。我們是小馬夫，你嘛，是大馬夫。」

孫悟空聽到這裡，火冒三丈：「呀呸！我老孫在花果山是個大王，怎麼哄我來養馬？不幹了，不幹了！」他一個筋斗回花果山去了。

　　猴子們見孫悟空回來了，拍著巴掌說：「恭喜大王，賀喜大王！大王做了什麼大官回來了？」

　　孫悟空聽他們這麼一說，更生氣了：「不好說，不好說！說出來真要活活羞死人！那玉皇老頭兒叫我做什麼『弼馬溫』，我還當是個什麼大官呢！今天才知道是個馬夫，我一生氣就回來了。」

　　四個猴將軍說：「回來得好！大王有通天的本領，怎麼去替人家養馬？就是做個『齊天大聖』也可以呀！」

　　孫悟空這才高興起來，就叫他們做一面大旗，上面寫「齊天大聖」四個大字，他就做起大聖來了。

　　玉皇大帝聽說弼馬溫開了小差，就派托塔天王李靖和他的三太子哪吒，帶領兵馬去捉拿。

　　來到花果山，李天王叫先鋒巨靈神去打頭陣。巨靈神手拿兩柄大錘，來到水簾洞前，看見一群猴子在練武，就大叫一聲：「呔！我是天上的大將，奉了玉皇大帝的命令，到這裡來收伏你們。快去通報弼馬溫，叫他早早出來投降，要不，

叫你們統統沒命。」

孫悟空聽了通報，隨身帶了金箍棒，走出水簾洞。

巨靈神說：「你這毛猴，趁早乖乖投降。你敢說一個『不』字，我就拿大錘把你打成漿糊。」

孫悟空說：「你這個傻大個兒，我本來想一棒打死你，又怕打死了你，沒人回去報信。留你一條性命，回去問問玉皇大帝：我有通天的本領，為什麼叫我養馬？你睜開眼睛看看我的大旗，上面寫的什麼字？要是照這四個字封我的官，那就算了。要不，我就打到靈霄寶殿上去。」

巨靈神一抬頭，看見大旗上寫著：「齊天大聖」四個字，大笑三聲說：「呸！你這毛猴也想當大聖呀？先吃我一錘。」

他們就這樣打起來了。巨靈神哪裡打得過孫悟空？看見孫悟空當頭一棒打來，急忙拿大錘去擋，只聽見嚓一聲，大錘柄給打斷了，嚇得他轉身就逃。

巨靈神吃了敗仗，回去見李天王，結結巴巴地說：「那猴子挺厲害，我，我打不過他。」

李天王聽了很生氣，說：「你打頭陣就吃了敗仗，拿下去殺了。」嚇得巨靈神連忙跪下求饒。還好哪吒為他講情，李天王才沒殺他。哪吒自告奮勇說：「一隻猴子有什麼了不起，

讓我去會會這隻猴子。」

　　孫悟空看到頭頂紮著兩隻小髻，腦後托著一撮短髮的哪吒，就問：「咦，你是誰家的小乖乖？叫什麼名字？到這裡玩兒來了？我這花果山上有的是果子，蘋果、桃子、石榴、柿子、李子、栗子、梨，你看這時候有什麼果子，就摘了吃吧！」

　　哪吒眉毛一豎，眼一瞪，說：「哼，你這毛猴，不認得我是托塔李天王的三太子嗎？」

　　「呀！我問你叫什麼名字，你幹嘛把你老子的名字抬出來嚇唬人？我看你小小年紀，身上的奶腥氣還沒退乾淨，敢說這樣的大話？快回去報個信，封我做『齊天大聖』就沒事了。這句話，你回去說得清楚嗎？小乖乖。」

　　哪吒就怕人家說他小，聽孫悟空「小乖乖」、「小乖乖」的叫他，早氣壞了，說了一聲「變」，變成三頭六臂，拿著三樣兵器，向孫悟空砍來。

　　孫悟空倒也吃了一驚，心想：看不出這小乖乖倒有點本事。大叫一聲：「哪吒小乖乖，你別逞能，看我老孫的！」說了聲「變」，也變成三頭六臂；再把金箍棒晃了晃，一根變三根，和哪吒打了起來。他們越打越猛，打得地動山搖。哪

吒把手裡拿的三件兵器變成千千萬萬；孫悟空也把金箍棒變成萬萬千千。你殺過來，我殺過去，那些兵器一閃一閃，就像飛著滿天的流星。

他們打了大半天，也分不出誰贏誰輸。孫悟空機伶的從身上拔了根毫毛，說聲「變」，就變出另一個孫悟空，拿著金箍棒，正面擋著哪吒，自己卻跳到哪吒背後去，朝著哪吒左邊的胳膊，一棒打去。哪吒聽到背後呼的一聲，趕快往旁邊躲，仍然挨了一棒，疼死他了，只好掉頭逃回去。

李天王看見哪吒遇險，正想派兵馬去救他，哪吒已一陣風似的跑回來了。

哪吒喘著氣說：「父王，那弼馬溫真有本事，我也打他不過，還讓他打傷了胳膊。」

李天王心想：這毛猴確實厲害！打不過他，還待在這裡幹什麼？不如報告玉皇大帝，多派些天兵天將來。

他就帶了兵馬回天宮去了。

聽了李天王的報告，玉皇大帝又是生氣，又是害怕，正準備多派些天兵天將再去打。

「不行，不行！」太白金星又出面攔住說：「多派天兵天將，也不一定打得贏，不如就封他當『齊天大聖』，讓他

心滿意足，就沒事了。」

　　玉皇大帝就封孫悟空當「齊天大聖」，還在天宮裡為他造了一座齊天大聖府，又派了個小仙侍候他。一天三餐吃得好，吃了晚飯就睡大覺。這回孫悟空他真的心滿意足了。

　　俗話說：「猴子的屁股坐不住。」才三天，孫悟空就覺得心煩了。他駕著雲頭，整天在天宮裡東遊西蕩，直到晚上，才回齊天大聖府。

　　這件事讓玉皇大帝知道了，他想：這猴子閒著沒事幹，在天宮裡亂跑，說不定會鬧出什麼事來。就派孫悟空去管蟠桃園。

　　孫悟空一聽到桃子就眉開眼笑，當天就到蟠桃園去上任。

　　這蟠桃園有個土地爺，趕快把鋤地的、澆水的、修枝的、打掃的全叫來，向齊天大聖磕頭，並且說明：「蟠桃園裡的蟠桃樹，前面一千二百棵，三千年結一次桃子，吃了就能做神仙；中間一千二百棵，六千年結一次桃子，吃了就能長生不老，一百多歲了，還像個年輕人；後面一千二百棵，九千年結一次桃子，吃了就能活萬萬年。」

　　孫悟空滿意的說：「我要清點一遍桃樹，你們給我帶路。」

土地爺領他到園裡去看桃樹，數了數，三千六百棵，一棵也不少。這園裡有假山，有水池，有亭子，就像個大花園。孫悟空常來看看玩玩，也就不再東遊西蕩了。

不知道又過了多少年，一年夏天，孫悟空看看桃樹上好多桃子熟了，饞得口水直流，就把帽子袍子一脫，爬到樹上去，揀熟透的桃子，吃了個飽。從此以後，他隔幾天就來偷吃一次桃子。

天上有個王母娘娘，她住的地方叫做瑤池。一天，王母娘娘在瑤池擺宴席，開「蟠桃大會」，請各地的菩薩、神仙來吃蟠桃。王母娘娘派了七個仙女到蟠桃園去摘桃子。

土地爺領了仙女們，走到亭子跟前，只看見欄杆上放著袍子，石凳上擱著帽子，齊天大聖呢？找來找去沒找著他。

原來孫悟空玩了一會兒，吃了幾個桃子，就變成手指頭大的小人兒，往樹葉上一躺，呼呼的睡著了。

仙女們謝了土地爺，在前面摘了兩籃桃子，又在中間摘了三籃桃子，走到後面一看，樹上的桃子稀稀落落，剩下沒多少，全是生的，那些熟的桃子全都進了孫悟空的肚子。仙女們東張西望，好半天才找到一個半紅半白的桃子，青衣仙女扳著樹枝，紅衣仙女把那桃子摘了下來，她手一鬆，樹枝

朝上一張，把孫悟空吵醒了，原來他變的小人兒，就躺在這棵桃樹上。

孫悟空呼的一下又變大了，拿出金箍棒，大叫一聲：「你們是哪來的妖怪？敢來偷我的桃子？」

仙女們嚇得連忙跪下：「我們可不是妖怪。王母娘娘開蟠桃大會，叫我們來摘桃子的。」

孫悟空這才露出笑臉，說：「起來，起來！」

孫悟空問仙女們：「蟠桃大會請了些什麼客人呀？」

仙女們就把請的客人，什麼什麼菩薩，什麼什麼神仙，說了一遍。

「有沒有請我老孫呀？」

「這倒沒聽說過。」

「我是齊天大聖，第一個就該請我。」孫悟空對仙女們說，「你們在這兒等一等，我去打聽一下就來。」

孫悟空出了蟠桃園，駕起雲頭，匆匆趕到瑤池。時間還早，一個客人也沒到。他放輕腳步，走進宴會大廳，放眼一看，大廳頂上張燈結彩，四面擺著奇花異草，中間擺著黃金鑄的桌子，桌子上排著白玉雕的盤子，盤子裡盛著山珍海味，

別說沒吃過，連見也沒見過。

孫悟空愣頭愣腦的，正在東張西望，忽然聞到一陣酒香。他回頭一看，原來右邊走廊裡，有幾個小仙在熱酒。好香，好香！孫悟空饞得直流口水。他想去吃，又怕人家不肯，就拔了幾根毫毛，說聲「變！」變成瞌睡蟲，悄悄地飛到小仙們的鼻孔裡去。哈哈，小仙們一會兒就垂著眼皮，打起瞌睡來，打雷也驚不醒呢。孫悟空把那些好菜，連盤帶碗搬到走廊裡，身子靠酒罈大吃大喝起來，不多會兒，就大醉了。

「呃，呃……哎呀，不好！」孫悟空想起蟠桃大會的客人就要到了，忙從地上爬起來，「我，我得快、快走，回、回去睡覺……」

他離開瑤池，跌跌撞撞走了許多路，來到一座宮殿前，抬頭一看，「咦，怎麼不像齊天大聖府？……」

原來他慌慌張張走錯了路。孫悟空仔細打量，那宮殿的大門頂上，寫著「兜率宮」三個字。「啊！我，我走到太上老君住的地方來了。也，也好，我早，早想會會這老頭兒了。」

他闖進兜率宮，一看，沒人。原來，太上老君正陪著燃

燈古佛，在後樓聊天，他手下的小仙們也跟在他身邊。

「呃，這老頭兒上哪去了？我來找找。」

孫悟空找到了太上老君煉仙丹的屋子裡，這裡也沒人，只看見爐子還燒著火，爐子旁邊放著五個葫蘆，葫蘆裡裝著煉好的仙丹。

「哈哈，這，這可是難得的寶貝，我來嘗嘗。」他越吃越有滋味，乾脆把葫蘆裡的仙丹倒出來，一把一把的往嘴裡送。

等他吃飽了，酒也醒了。「哎呀，這回可闖了大禍，要是讓玉皇大帝知道了，絕不會放過我。還是回花果山去當大王吧！」他拔腳就走，來到西天門，使個「隱身法」溜了出去，一筋斗就回到花果山。

孫悟空這一鬧，好好兒的蟠桃大會全完了。

玉皇大帝派了五大天王帶兵馬去捉拿孫悟空，可是五大天王也對付不了孫猴子，只好再調灌江口的二郎神來。這二郎神真有本領，他使的兵器叫做神鋒，頭上有三個尖刺，像槍；兩邊很鋒利，又像刀。他接到玉皇大帝的命令，帶了一隻獵狗，乘著一陣狂風，只一會兒就到了花果山。

孫悟空看見來了個小將，笑嘻嘻地說：「你還小，幹嘛

來送死？我饒了你，快回去叫五大天王出來跟我打。」

二郎神氣壞了，說：「孫猴子，你瞧著吧！到底是我小還是你小。」說完話，搖身一變，變得身高萬丈，像一座山峰，連模樣兒也變了，變成紅頭髮，青面孔，嘴裡還伸出長長的兩隻獠牙。孫悟空也搖身一變，變得和二郎神一樣高，跟他打了起來。

正打得起勁，孫悟空忽然聽見下面一陣吱吱吱的叫聲，低頭一看，不好！天兵天將正在捉拿他的小猴，他心裡一慌，轉身就跑，想去救小猴們。可是剛到水簾洞口，就被天兵天將包圍起來，他更慌了，趕緊把金箍棒捏成繡花針，放到耳朵裡去，再搖身一變，變成一隻麻雀，嘟的——飛到樹梢上去。那些天兵天將東找西找，怎麼也找不著，就喊了起來：「不好了，孫猴子跑了——」

天兵天將大呼小叫，亂成一團。二郎神趕到這兒，一眼就認出來那隻麻雀就是孫悟空，他立刻變成一隻老鷹，朝麻雀撲過去。

孫悟空趕快變成一隻鷺鷥飛走，二郎神又變成一隻白鶴

追上去。孫悟空朝下一看，看見一條小河，就撲的從空中落下來，變成一條小魚；二郎神又變成一隻捉魚的魚鷹，等魚兒游過來，趕上去就是一啄。

孫悟空立刻變成一條水蛇，游到河岸邊，呼的一下竄到草叢裡去了；二郎神就變成一隻灰鶴，嘴又長又尖，像只火鉗，去啄水蛇。孫悟空又變成一隻鳥兒孤零零地站在河邊。這回二郎神現出本相，拿出一把彈弓，嗖的一彈打過去。

孫悟空假裝被彈子打中，一個跟頭滾下山去。二郎神趕到山下，沒找著那隻鳥，只看見一座土地廟。這座土地廟就是孫悟空變的；他張大嘴巴就成了大門，睜著眼睛，就是窗子；舌頭變成土地爺，呆頭呆腦的坐在中間；還有根尾巴沒地方擱，就變成旗杆，直挺挺的豎在土地廟的後面。

「哈哈，孫悟空，你想騙我呀？」二郎神認出來了，「你想騙我走進土地廟裡，然後一口咬死我，是嗎？我先打壞這扇窗子……」說著，拿起他的神鋒就刺，嚇得孫悟空趕緊現出本相，往空中一躍，不見了。

孫悟空到哪裡去了？原來他變成二郎神的模樣，溜到灌江口二郎神的廟裡去了。二郎神手下的小仙還當是真的二郎神回來了，熱絡的招呼說：「爺爺辛苦了！」請他坐下，朝他磕頭。正熱鬧著呢，從外面又進來一個二郎神，可把小仙們

嚇壞了。

孫悟空看見二郎神來了，現出本相，笑嘻嘻的說：「二郎神呀，你來遲了，這個小廟歸我老孫了。」

他們又打了起來，打來打去，誰也沒贏，誰也沒輸。太上老君從靈霄寶殿裡出來，站在南天門外面，看見他們兩個打成一團，就拿出個寶貝，叫金剛套，朝下一扔，正好打在孫悟空的頭頂。這金剛套比一座山還重，要是別人被它打一下，早就變成稀糊了，就是孫悟空，也被它打得跌了一跤。二郎神的那隻獵狗利用這個機會，竄上去在孫悟空的小腿上咬了一口，孫悟空正想起來逃跑，被天兵天將按住，拿繩子綁了，帶到天宮去。

玉皇大帝看見孫悟空，恨得直咬牙，大叫：「拖下去殺了。」可是這個孫悟空，刀砍不動，槍刺不進，火燒不著，雷轟不倒，完全拿他沒辦法。

太上老君想出個主意，說：「把這猴子交給我吧！我把他放在煉仙丹的八卦爐裡，七七四十九天後，準把他燒成灰。」說完就把孫悟空帶到兜率宮，再把他推進八卦爐，叫小仙把火搧得旺旺的。

這八卦爐很厲害，火燒旺了，能把鋼鐵化成水，孫悟空

也吃不消哇！還好，這八卦爐有個通風的地方，這兒有煙沒有火。孫悟空就把身子縮成一團，躲在這通風的地方，火沒燒著他，可是煙把他的眼睛薰紅了，他就有了一雙火眼金睛。

七七四十九天過去了，太上老君得意的說：「孫猴子呀，看你還能再搗亂，偷我的仙丹吃嗎？」就叫小仙打開爐門，把孫悟空的灰掃出來。

沒想到小仙一打開門，呼——竄出個活生生的孫悟空來，孫悟空把腳一蹬，踢翻八卦爐，轉身就往外跑。太上老君氣急敗壞的追上去扯住他，結果反被孫悟空往後一摔，栽了個大跟頭。

好個孫悟空，他可火了，一不做二不休，拿出金箍棒，邊走邊打，一直打到凌霄殿外面，值班的王靈官看他來得兇猛，趕快拿出鞭子來把他擋住，問說：「你到這裡來幹什麼？」孫悟空說：「快去告訴大帝老頭兒，叫他把天宮讓給我。要不，我就把這靈霄寶殿打個稀巴爛！」王靈官說：「猴子，吃我一鞭！」他們就打了起來。

不一會兒，四面八方的天將都趕到，把孫悟空團團圍住。孫悟空一點兒也不害怕，搖身一變，成了三頭六臂，拿著三根金箍棒，耍起來就像三個風車呼呼轉，誰也不敢靠近他。

靈霄寶殿外面在打呀，殺呀；靈霄寶殿裡面，玉皇大帝嚇得臉都發白了：「快、快去請、請西天如來佛！要不，我這個天宮只好讓給那個猴子啦……」

　　西天雷音寺的如來佛，本領極高，他沒帶兵將，只帶了兩個徒弟，來到靈霄寶殿面前，叫大家都別動手，他問孫悟空：「你為什麼大鬧天宮呢？」

　　孫悟空說：「玉皇大帝把天宮讓給我，我就不鬧了。」

　　「你是個猴子精，有多大的本領，敢來侵占這靈霄寶殿？」

　　「我會七十二變，還會筋斗雲……」

　　「那好！你來跟我比一比，要是你能翻得出我的手掌心，我就請玉皇大帝把天宮讓給你。」

　　孫悟空心想：如來佛真是個大傻瓜！我的筋斗雲，一翻就是十萬八千里，還翻不出他的手掌心嗎？就問：「你這個老和尚，說話算數嗎？」

　　「當然算數！」如來佛攤開右手，有荷葉那麼大小，說：「請吧！」

　　孫悟空收了金箍棒，把它藏在耳朵裡，然後跳到如來佛的手掌上，叫了一聲「我去了！」就翻起筋斗雲來。

一眨眼功夫，孫悟空來到一個地方，前面豎著五座山峰，光溜溜，粉紅顏色，上面不長草，不長樹；山峰頂上飄著一縷青煙。他想：我這是到了天邊了吧！哈哈，如來佛輸了，玉皇大帝得把天宮讓給我了。

　　他又一想：要是如來佛耍賴，怎麼辦？有了！我來做個記號。他拔了一根毫毛，吹了一口仙氣，叫聲「變！」變成一枝毛筆，在中間一座山峰上寫了一行大字：齊天大聖到此一遊。

　　這個頑皮猴子心裡說：「到此一遊，還得留點什麼在這兒做個紀念。」又走到第一座山峰下面撒了一泡尿。這才翻著筋斗雲，回到如來佛的手掌上來。

　　孫悟空大叫一聲：「如來佛，我到了天邊又回來了，快叫玉皇大帝把天宮讓給我。」

　　如來佛哈哈大笑：「你這撒尿精，你翻去又翻來，就是沒辦法翻出我的手掌心。」

　　「胡說！我明明到了天邊，還看見五座光禿禿的山峰，你沒有跟我去，當然不知道囉！我猜到你這個老和尚會耍賴，特意在那兒做了記號，你不信，跟我去瞧瞧。」

　　如來佛說：「不用去了。孫悟空，你低下頭來仔細瞧瞧就知道了。」

69

孫悟空低頭一看，如來佛的中指上有一行字，筆畫很細很細，寫的是：「齊天大聖到此一遊」，呀！這不就是自己寫的字嗎？他再往如來佛的大拇指那兒一瞧，濕淋淋的，聞一聞，一股尿臭。呀！這不就是自己撒的尿嗎？原來他看到的五座山峰，就是如來佛的五個手指！

　　可是孫悟空還沒明白過來，「我寫在山峰上的字，怎麼跑到他手指上來了？準是這老和尚耍鬼把戲哄我。這老和尚不好對付，我還是快走吧！」

　　哎呀，來不及了！如來佛把手掌一翻，將孫悟空推出天宮，五個指頭變出五座山，連在一起，叫做五行山，轟的一聲，把孫悟空壓在下面，這回，孫悟空再也逃不走了。

　　孫悟空被如來佛壓在五行山下，只露個腦袋在外面。他不吃也不喝，任風吹雨打，就這樣過了一年又一年。

　　五行山是個非常荒涼的地方，孫悟空在這兒待了五百年，沒見過一個人。

　　有一天，他忽然聽見一陣噠噠噠噠的聲音，睜開火眼金睛一看：啊！前面荒地裡有個人騎馬走過來，他就大喊：「救救我呀！」

那個人是誰？就是唐僧。唐僧是唐朝的和尚，皇帝派他到西天取經，正巧路過五行山。唐僧聽到叫聲，趕緊下了馬，朝山腳走來。咦，明明聽見有人喊「救救我呀」，人呢？

唐僧低頭尋找，眼前只有個土疙瘩。他哪裡知道這土疙瘩就是孫悟空的腦袋？五百年來，孫悟空沒洗過一回臉，腦袋上積滿了土，長滿了草，耳朵裡還長出大蘑菇了呢！唐僧彎下身子，看見一雙紅眼睛在骨碌碌轉，因而被嚇了一大跳。

「大和尚，你行行好，快救救我！」孫悟空把他怎樣大鬧天宮，怎麼被如來佛壓在山下，詳詳細細說了一遍。

唐僧是個好心腸的人，他把孫悟空腦袋上的草拔乾淨，說：「唉，我有心救你也辦不到，我怎麼搬得開這座山呢？」

孫悟空說：「你只要把山頂上的一張紙撕掉就行了。」

唐僧爬到山頂，發現石頭上真的貼著一張紙，如來佛的這張紙，對孫悟空來說比五行山還重一百倍。唐僧撕下紙，下山對孫悟空說：「紙撕掉了，你快出來吧！」

孫悟空說：「知道了，知道了！大和尚，你快走開些，我才好出來，要不，會嚇死你的。」

唐僧走了好遠，才聽見轟隆一聲，五行山裂開了一條縫，孫悟空一陣風似的鑽了出來，竄到唐僧跟前一跪，拜了四拜，說：「大和尚，謝謝你！你不說，我老孫就知道你準備到西天取經的。一路上妖魔鬼怪多得很，太危險了！你收我做徒弟，我就保護你到西天去……」

　　孫悟空正說著話，忽然一陣狂風吹來，山坳裡跳出一隻大老虎，孫悟空從耳朵裡拿出一根針來，一晃就有碗口粗，只一棒就把老虎打死了。唐僧見他這樣有本領，就收他做了徒弟。唐僧騎著馬，孫悟空挑著行李，一路往西走。

　　孫悟空樣樣好，就是脾氣有點煩躁，尤其不喜歡別人說他。一天，唐僧說了他幾句，他一生氣，翻個筋斗就跑了。

　　唐僧把行李搭在馬背上，牽著馬慢慢兒走。他走了一會兒，看見路邊有間茅屋，就去討水喝。

茅屋裡住著個老婆婆，問唐僧：「大和尚，你從哪裡來？要到哪裡去？這地方很荒涼，怎麼一個人旅行？」

唐僧說著，說著，忍不住流下淚：「我本來有個徒弟孫悟空，想不到我說了他幾句，他就賭氣跑了。」

老婆婆安慰他說：「你別傷心。你徒弟走了沒多遠，我去勸勸他，叫他還是跟著你。」

唐僧說：「恐怕沒用，難保下回他不賭氣跑了。」

老婆婆說：「放心，放心！我有個金箍兒，還有一篇〈緊箍兒咒〉，金箍兒給他戴，〈緊箍兒咒〉你心裡記住。要是他不聽話，你就在心裡念〈緊箍兒咒〉，他就不敢亂來了。」這老婆婆是觀世音菩薩，說完話，化做一道金光，去追孫悟空了。她追上孫悟空，真的把他勸回來了。

孫悟空回來，看見唐僧在路邊坐著，問說：「師父，我回來了。你不走路，坐著幹嘛？」

唐僧回答：「徒弟，我在等你呢！你上哪兒去了？」

「我到東海水晶宮串門子去了。老龍王留我吃了點心才讓我走。」孫悟空可不是說謊話，他一筋斗就到了東海。

「悟空，你吃了點心，我可餓壞了。包袱裡有乾糧，你拿點出來給我吃。」

孫悟空解開包袱，一眼看見那個金箍兒，金光閃閃，真好看，就問：「師父，這金箍兒是你帶來的？能給我嗎？」

　　唐僧說：「你是我徒弟，就給你吧！」

　　孫悟空拿起金箍兒就往頭上套。這時候，唐僧在心裡念起〈緊箍兒咒〉來，才念了一遍，孫悟空就大叫起來：「頭疼，頭疼！」伸手一摸，那金箍兒就像在頭上生了根，再也拿不下來。唐僧又念了幾遍，孫悟空疼得在地上亂滾。唐僧看他這樣，心裡很難過，就不念了，孫悟空的頭也不疼了。從此以後，唐僧就拿〈緊箍兒咒〉管住了孫悟空。

　　他們一路往西走。有一天來到一個地方，叫做高老莊。看看太陽快下山了，就找了一戶人家借住一夜。

　　這戶人家只有兩個人，高老丈和他女兒。三年前，從外地來了個憨小子，幹起活來，十幾個人也不抵他一個。高老丈就把女兒嫁給了他。想不到日子一長，這小子變了模樣，鼻子長得像竹筒，耳朵大得像蒲扇，準是個妖怪。

　　孫悟空一聽到妖怪，心裡就癢癢的：「太好了，我就是專門捉妖怪的。你不信，晚上我捉給你看。」

　　到了晚上，孫悟空變成高老丈女兒的樣子，坐在屋子裡等那妖怪。不多一會兒，一陣狂風颳過，妖怪來了。孫悟空

唉聲嘆氣說：「我爹罵你是飯桶，一頓飯要吃一百個燒餅。」

妖怪說：「我吃得多，做得也多呀！耕田種地，割麥插秧，回家還得挑水劈柴，哪一樣不是我做的？」

「我爹還罵你鼻子長，耳朵大，親戚見了都笑話。」

「鼻子長有什麼難看？耳朵大能當蒲扇趕蚊子呢！」

「我爹說，你準是個妖怪，要請人來捉你。」

「我不怕，誰敢來捉我？」

「我爹說要請大鬧天宮的孫悟空來捉你。」

妖怪一聽到孫悟空的名字，害怕起來，心想：「孫悟空我可惹不起。趁早走吧！」他披上衣服開了門，就往外走。

「妖怪，你往那裡走？你看我是誰？」孫悟空把臉一抹，現出本相。妖怪認出他是齊天大聖，嚇得化做一陣狂風，逃回山洞拿九齒釘鈀。

孫悟空趕來，他們就打了起來。

這妖怪哪裡打得過孫悟空，邊往後退邊嚷嚷：「你這猴子，鬧了天宮，壓在五行山下，怎麼跑到這裡來欺侮我？」

孫悟空說：「你是哪裡來的妖怪，怎麼知道我老孫鬧天宮的事？我現在保護唐僧到西天取經，路過這裡。」

妖怪聽悟空說要到西天取經，趕緊扔了釘鈀，向孫悟空行禮說：「我就是在等取經的人，快領我去見你師父。」

原來這愣小子不是妖怪，是個天神。他因為做錯了事，受到處罰，被趕出天宮投胎做人。哪曉得他從天上一個跟頭栽下來，正好落到老母豬的肚子裡，生出來就成了長鼻子大耳朵啦！他聽說唐僧取經路過高老莊，就在這裡等著，想保護唐僧取經，立點功勞，以後能再回天宮去。

孫悟空就帶他去見師父，唐僧因而就有了第二個徒弟，為他取名叫做豬八戒。

唐僧、孫悟空、豬八戒，走啊走，來到流沙河邊，放眼望去一片汪洋看不到邊。孫悟空眺望了一眼說：「這流沙河有八百里寬。」

唐僧急起來：「哎呀，八百里寬！卻一艘船也沒有，怎麼辦呢？」

孫悟空也為難的說：「我老孫方便得很，翻個筋斗就過去了。可是你嘛，難，難，難！」

他們正在說話，河裡忽然掀起波浪，嘩嘩嘩，像一座座小山向河邊湧來，一個妖怪乘著波浪跳上岸，伸手就來抓唐僧。還好孫悟空一把抱住唐僧就跑，才沒被妖怪抓走。

豬八戒看見了，連忙拿起釘鈀朝那妖怪就打，妖怪也拿出一件像麵杖的兵器，往上一格，兩人就打了起來。

　　孫悟空看他們不分勝負，拿出金箍棒，對準那妖怪就是一棒。妖怪嚇得撲通到河裡。豬八戒埋怨孫悟空說：「誰叫你來的？那妖怪眼看吃不消了，再過一會兒，我準能抓住他。你這一棒，可把他嚇跑了。」

　　他們回到唐僧跟前，唐僧說：「還好，還好！虧得你們有本領，把妖怪打跑了。」

　　孫悟空說：「妖怪是被打跑了，可是師父仍然過不了河呀？」

　　他想了想：這妖怪住在這河裡，準知道該怎麼辦。就對豬八戒說：「八戒，你下河裡去跟他打，你打幾下，退幾步，一直退到河邊，騙他上岸來，我就有辦法捉住他。」豬八戒把袍子、鞋子一脫，拿了釘鈀，就跳到河裡去。

　　那妖怪吃了敗仗，回到水底，正在呼哧呼哧喘氣，忽然聽到嘩嘩嘩水響，一看是豬八戒，就哈哈大笑起來：「來得好，來得好，我肚子正餓著呢！可惜你的皮又厚，肉又粗，剁成肉醬吃也許還可以入口。」

　　豬八戒氣壞了，恨不得一釘鈀鑿那妖怪九個洞，不過他

只好打幾下，退幾步，一邊叫喚：「妖怪，你上來，你上來！」

哪知道妖怪學乖了：「哈哈，你想騙我上岸，叫那毛臉和尚拿鐵棒打我？我偏不上岸去。」

孫悟空看那妖怪只在河邊打，不肯上岸來，他就來個「老鷹抓小雞」，一跳跳到空中，再從空中撲下去。那妖怪跟豬八戒打的正熱鬧，沒防備孫悟空來這一手，被孫悟空抓個正著。

唐僧說：「我是到西天取經的，路過這裡，流沙河這麼寬，又沒一艘船，你能送我們過去嗎？」

妖怪聽說是去取經的，撲通一跪，哇的叫了起來：「哎呀！你們為什麼不早說？我在這裡等你們，等了好多年。師父，你收我做徒弟，我馬上送你過河，還跟你一起去取經。」

原來他也是個天神，也是做錯了事，受到處罰，被趕出天宮。他聽說唐僧取經會路過流沙河，就先等在這裡，準備跟唐僧去取經，立了功勞再回天宮。

唐僧有了第三個徒弟，替他取名叫沙和尚。

沙和尚把他的兵器往河裡一扔，就變成一艘小船。唐僧和三個徒弟坐上船，渡過寬廣的流沙河。

唐僧和三個徒弟，一路往西走去。一天。太陽快下山了，

他們看見前面樹林裡有個大院子，就趕緊往前走。他們剛走近門口，兩個人出來迎接，說：「你是取經的和尚唐僧吧！快請裡面坐。」

原來這地方叫做五庄觀，住著個神仙，叫做鎮元子，他心裡一算，知道哪一天、什麼時候，唐僧要路過這裡。可是他正好要帶徒弟們到彌羅宮去聽講道，只留下清風、明月兩個小徒弟看家，叫他們好好招待唐僧，採兩個人參果請唐僧吃。出門迎接唐僧的，就是清風和明月。

五庄觀裡有一棵人參樹，三千年開一次花，三千年結一次果，再過三千年，果子才熟透，一共也只結三十個果子；這人參果誰要聞一聞，就能活三百六十歲，要是吃上一個，能活四萬七千歲。

清風、明月把唐僧他們請到客廳裡，看孫悟空去餵馬，豬八戒去燒飯，沙和尚去放行李了，才採來兩個人參果請唐僧吃。唐僧一看，人參果的樣子就像個小孩，嚇得渾身發抖，哪還敢吃。清風、明月只好回到自己的屋子裡，一人一個分了吃，一邊吃，一邊說唐僧真傻，好東西不吃。

他們住的屋子，隔壁就是廚房，他們說的話，全讓豬八戒聽見了。豬八戒顧不了燒飯，鑽出廚房，在孫悟空耳朵邊嘀咕：「哥哥，快去採個人參果來大家嘗嘗。」

与天同寿道人家

长生不老神仙府

飛也

孫悟空說：「這個容易，師父不敢吃，咱們吃。」他那火眼金睛一掃，看見菜園裡有一棵大樹，青枝綠葉，結的果子讓風吹得一盪一盪，就像一群小孩在盪鞦韆。他將身子一縱，跳到菜園裡去，嗖的竄到樹上，採了三個人參果回來，悄悄地對豬八戒說：「快去叫沙和尚來，一人吃一個。」

豬八戒的嘴巴大，喉嚨粗，只一口就把人參果整個兒吞下去了，回頭看見孫悟空、沙和尚慢慢地嚼呀嚼呀，嚼得津津有味，就大聲嚷起來：「人參果什麼味兒我還不知道呢！」

豬八戒這一嚷，讓清風、明月聽見了，他們急忙到菜園裡去一數，不好！人參果少了三個，就來罵唐僧：「你這個和尚真差勁，請你吃人參果，你不吃，卻叫徒弟去偷吃。」

唐僧不知道是怎麼回事，就把三個徒弟叫來問話。

豬八戒說：「我老實。別說沒吃過，連見也沒見過。」

唐僧說：「我們當和尚的，可不能說謊話。吃了人家的東西，賠人家就是了嘛！」

孫悟空一想，對呀！吃了，就說吃了；做錯了事，幹嘛瞞著？就把偷人參果吃的事說出來了。這一來，清風、明月罵得更兇，惹得孫悟空動了氣，拔根毫毛變出個假孫悟空，站在師父身邊，自己鑽到菜園裡去，拿出金箍棒，「乒乒乓

兵」將人參果打得七零八落，最後再使勁一推，把樹推倒，才回到師父跟前來。

清風、明月兩人罵了半天，看唐僧他們一聲不響，心想：已經吃了，再罵也變不出來了，還是去照顧一下人參果樹吧！可是一進菜園就呆掉了，人參果樹枝斷葉殘的癱倒在地上，怎麼辦呢？罵他們，沒有用；打他們，打不過，只好裝作沒事兒似的，等唐僧他們拿起碗剛要吃飯，咿呀一聲，把大門關上，接著喀一聲，還給上了鎖。

清風在外面大聲罵起來：「你們偷了人參果，又推倒人參果樹，真是大壞蛋！」明月也嚷著：「你們跑不了啦，等我們師父回來跟你們算帳。」

唐僧問了孫悟空，才知道他又闖了大禍，氣得臉都發青了：「你這猴子，闖了大禍，我饒不了你。」

孫悟空猜到唐僧要念〈緊箍兒咒〉了，連忙跪下說：「師父，別念，別念，禍是我闖的，等會兒我保大家出去就是了。」

窗外的月亮升到天空，又慢慢地偏西了，孫悟空估計清風、明月睡著了，就說：「師父，咱們該動身了。」他拿金箍棒朝著大門一指，鎖就自己打開了。唐僧一行人就急急忙忙

走出五庄觀。

　　才走幾步路，孫悟空想到：「要是清風、明月追來，可就麻煩了。」他追上唐僧說：「師父，你們先走一步，我一會兒就來。」說完，又回五庄觀去，走到清風、明月住的屋子外面，從腰裡摸出兩隻瞌睡蟲，往窗裡一彈，兩隻瞌睡蟲就飛到清風、明月的鼻孔裡，這下，他們得睡上一個月才能醒了。

　　鎮元子帶了徒弟從彌羅宮回來，看見清風、明月呼呼大睡，怎麼叫也叫不醒，就含了一口清水在嘴裡，朝他們的臉上一噴，趕走瞌睡蟲，他們才醒了過來。

　　清風、明月睜開眼睛，看見師父站在跟前，連忙起來朝他跪下，一邊磕頭，一邊哭著說：「師父，你叫我們好好招待唐僧，哪裡知道他們偷吃了人參果，還把人參果樹推倒了。」

　　鎮元子聽了，氣得頭頂生煙，駕起雲頭向西追趕，只一會兒就趕上了唐僧一行人。他向唐僧行了禮，問說：「大和尚從哪裡來？到哪裡去？」

　　「從東方來，到西天去。」

　　「哦，到西天取經。大和尚是不是路過五庄觀？」

　　孫悟空猜出這個人就是鎮元子，為了人參果樹來追趕他

們的，一旁插嘴說：「沒有，沒有！什麼五庄觀，我們不知道。」

鎮元子知道他是孫悟空，笑著說：「你這猴子，偷吃我的人參果，又推倒我的人參果樹，快快賠我！」

孫悟空哪賠得出來？他拿出金箍棒，朝鎮元子就打。鎮元子沒帶兵器，手裡只有個趕蒼蠅的拂帚，就拿它抵擋了兩下，隨後揚起袖子，呼的一下，把唐僧和三個徒弟，連白馬、行李，一起吸到袖子裡去了。

鎮元子回到五庄觀，把唐僧他們一個個從袖子裡捉出來，叫徒弟們把他們綁在四根柱子上。

「拿鞭子來，先打唐僧。」

孫悟空說：「一人做事一人當。先打我吧！」

劈劈啪啪，孫悟空的腿上挨了三十下。他那兩條腿比鐵還硬，還怕打嗎？接下來輪到唐僧了。孫悟空忙說：「我當徒弟的願意代替師父挨打，再打我吧！」孫悟空腿上又挨了三十下。鎮元子看天快黑了，吩咐徒弟說：「等明天再打吧！」就去晚飯了。

等到半夜裡，孫悟空把身子一縮就脫了困，再幫唐僧他們解了繩子，一行人牽馬拿行李，匆匆走出院子。

孫悟空想想不妥，說：「就這樣走了，人家不會來追咱們嗎？」就叫豬八戒拔了四棵柳樹來，又叫沙和尚幫忙一起抬到院子裡，拿繩子綁在四根柱子上。好個孫悟空，朝著四棵柳樹，呼呼呼呼吹了四口氣，說了一聲「變」，那柳樹一棵變成唐僧，一棵變成豬八戒，一棵變成沙和尚，還有一棵，就變成孫悟空他自己。

　　「哈哈，你們待在這兒挨打吧！我們上西天取經囉！」孫悟空和豬八戒、沙和尚這才走出院子，急急忙忙趕路。

　　第二天清晨，鎮元子叫徒弟繼續打唐僧他們。打了半天，才發現打的是四棵柳樹。鎮元子急忙駕起雲頭，一會兒就追上唐僧他們，又把他們一夥全吸到袖子裡，帶回五莊觀。鎮元子叫徒弟拿白布把他們全身裹起來，又叫兩個燒飯的人拿磚搭了個灶，再抬出一口大鍋擱在灶上，鍋裡倒滿油，灶裡燒起火，準備將唐僧師徒油炸了。

　　孫悟空知道豬八戒怕死，故意嚇唬他：「八戒啊！你長得肥，等會兒一定先炸你。」

　　孫悟空說的話，讓鎮元子聽見了，他說：「我本來想先炸豬八戒的，看豬八戒倒還老實，就是孫悟空這猴子頂調皮，應該先炸孫悟空。」

孫悟空轉頭看見身邊有個石獅子，他朝石獅子吹一口氣，說了聲「變」，就變成他裹著白布的模樣，他自己呢？一個筋斗翻到天空，坐在一朵白雲上，往下看著師父、師弟。

　　一會兒油滾了，二十多個人，才把孫悟空抬起來，往油鍋裡一扔，「啪！」一聲，油星飛濺，把他們的臉都燙出好多泡泡；鍋底也給砸破了，油流了一地。他們往鍋裡一看，哪是孫悟空？原來是一隻石獅子。

　　鎮元子火冒三丈，說：「孫悟空跑了就算了，快換口新鍋，燒上油，把唐僧扔進去，炸他個稀爛。」

　　孫悟空聽得一清二楚，心想：我師父在油鍋裡一滾就沒了，那還得了。就從雲頭上跳下來，雙手扠在腰裡，對鎮元子說：「快放了我師父，炸我老孫吧！」

　　鎮元子一把扯住他的手，說：「孫悟空呀，孫悟空！我知道你真有本領，想跟你做個朋友。想不到你偷了人參果，又推倒人參果樹，我怎能饒了你？你要我放了你師父也不難，你先賠我的人參果樹。」

　　孫悟空聽他這麼說，也覺得自己做得不對，就一個筋斗雲翻到普陀山，請觀世音菩薩來醫人參果樹。

　　觀世音菩薩舉起瓷瓶，拿楊柳枝往瓶子裡蘸了水，朝人

參果樹一灑，那棵人參果樹又生了根，抽了枝，長了葉，原來落下的人參果，全都回到樹上去了。

大家都看呆了，等回過神來感謝觀世音菩薩時，觀世音菩薩已化作一道金光，回南海普陀山去了。

鎮元子一開心，就叫清風、明月採了六個人參果，分給唐僧和三個徒弟一人吃一個，鎮元子吃一個，清風、明月合吃一個。這回，豬八戒慢慢地嚼呀嚼，才嘗到人參果的好味道。

唐僧他們離開了五庄觀，走著，走著，一天路過一座高山，唐僧說：「悟空，走了半天，肚子餓了。你快去找點吃的東西來。」

悟空才離開，妖怪就來了。這山裡有個妖怪叫做白骨精，他聽說誰吃唐僧一塊肉，就能長生不老，就等在路邊。他看見唐僧身邊站著兩個人，一個拿釘鈀，一個拿寶杖，覺得硬來不行，就搖身一變，變成一個女人，左手拎個大籃，右手拎著小籃，一扭一扭向唐僧走來，說：「我家就住在山腳下，男人在田裡幹活，我正要去給他送飯，大籃裡是香米飯，小籃裡是炒麵筋。我看你們餓了，米飯、麵筋就送給你們吃吧！」

豬八戒嘴饞，說了聲「謝謝」，就把大籃小籃接過來。孫悟空採了桃子回來，一眼就看出那女人是個妖怪，也不說話，拿出金箍棒就打，嚇得唐僧慌忙攔住他：「悟空，你怎麼打人？」

　　「怎麼打人？嘿嘿，她根本不是個人，是個妖怪，來騙你的。」孫悟空說著，朝著那妖精就是一棒。

　　那妖怪也是有點本事的，不等金箍棒打到她身上，就先跑了，留下個假的人死在地上。

　　唐僧嚇得渾身發抖：「這還了得！悟空，你怎麼無緣無故打死人？」

　　孫悟空說：「師父，你瞧，這籃子裡裝的是什麼？」

　　唉呀！什麼香米飯，是一籃子蛆在亂爬；什麼炒麵筋，是一籃子癩蛤蟆在亂蹦亂跳。唐僧看了半信半疑，想不到豬八戒說起壞話來：「師父，這女人明明是個好人！她給男人送飯，見我們餓了，就把飯給我們吃。心腸這樣好，能是妖怪嗎？猴哥打死了她，故意把米飯變成蛆，把麵筋變成癩蛤蟆，他在哄你呢！」

　　唐僧的耳朵軟，一聽就信了，馬上念起〈緊箍兒咒〉來。孫悟空疼得大叫：「別念，別念！徒弟下次不敢了。」

唐僧這才饒了他。

他們剛要起身，忽然前面來了個老婆婆，看上去有八十歲，拄著一根拐杖，走一步，哭一聲。

豬八戒說：「師父，不好了！剛才猴哥打死的，準是那老婆婆的女兒。老婆婆哭哭啼啼，找她女兒來了。」

唐僧聽了，心慌起來。孫悟空說：「師父，不要驚慌。老孫去看看就來。」

孫悟空邁開大步向前走，走到那老婆婆眼前，拿出金箍棒就打，原來這老婆婆還是那個妖怪變的。可是妖怪沒等金箍棒打下來，又跑了，也留了個假的人死在地上。

唐僧看見了，嚇得從馬上跌下來，把〈緊箍兒咒〉足足念了二十遍，可憐孫悟空疼得在地上直打滾：「師父別念了，別念了！有話好說嘛。」

「你打死了一個，又打死一個，還有什麼話說？」

「師父，她是妖怪呀！」

「你這猴子還要亂說，有那麼多妖怪嗎？你是個行凶作惡的人，我不要你做徒弟，你走。」

孫悟空說：「師父叫我走，我只好走。請師父念個〈鬆

箍兒咒〉，把這金箍兒脫下來，我就走。」

唐僧說：「觀世音菩薩只教了〈緊箍兒咒〉，哪有什麼〈鬆箍兒咒〉。算了，算了，再饒你一次。」

唐僧上了馬，他們走過山尖尖，正要往山下走，那妖精還不甘心，又變成一個老公公，朝他們走來。

豬八戒叫起來：「不好了！猴哥打死了娘兒倆，這老頭兒找我們算帳來了。猴哥一個筋斗溜了，扔下我們，可要受苦了。打死人要償命呀！師父，你跟沙和尚去償命，我可不陪你們了。」說完話，轉身就走。

孫悟空一把扯住他，說：「呆子，別亂說。我去瞧瞧。」

說著，把金箍棒藏在背後，走過去問話：「老人家，你怎麼一個人在這荒山裡走呀？」其實他早認出來這老頭兒就是先前那個妖怪。

妖怪說：「我就住在山腳下，我女兒去送飯，半天沒回家，我老伴去找她，也沒回家來，說不定給老虎吃了。」說到這裡，抹著眼淚哭起來。

孫悟空心裡想：你這妖怪，騙得了我嗎！正要拿出金箍棒來打，一想：不好！我打死了妖怪，師父不明白，念起〈緊箍兒咒〉來，我受不了。不打嘛，它趁我們不注意，把師父

捉走，怎麼辦？不管怎麼樣，是妖怪就得打！這回，孫悟空一棒就打中妖怪的腦袋，把妖怪打死了。

唐僧嚇得話也說不出來，豬八戒在一邊說：「哥哥，你發瘋了嗎？半天打死三個人。」

妖怪倒在地上沒一會兒，變成一堆骨頭，脊梁骨上寫著一行字：白骨夫人。就是這個白骨精，騙了唐僧三次。

本來沒事了，想不到豬八戒又嚷起來：「師父，你別信他的，他打死了老公公，把屍體變成一堆骨頭，又來哄你了。」唐僧又念起了〈緊箍兒咒〉。孫悟空跪在地上不停地磕頭：「疼死我了。有什麼話，師父你說吧！」

「還說什麼？你走吧！」

「師父，你錯怪我了。他是妖怪，要來害你，我打死它，你反而趕我走。好吧，我走！可惜頭上這金箍兒脫不下來。」

唐僧說：「你走了，我再也不念〈緊箍兒咒〉。放心走吧！」

孫悟空搖搖頭說：「這個難說。往後要是你碰到妖怪，八戒、沙和尚救不了你，你想起我來，念了〈緊箍兒咒〉，就是千里萬里路外，我的頭也是疼的，那時我還不是得回來。」

唐僧聽了這些話，更生氣了，說：「我不要你當徒弟，

也不再跟你見面了。我就是給妖怪吃了，也不求你來救我。」

孫悟空知道怎麼說也沒用，就轉身對沙和尚說：「師弟，一路上如果有妖怪捉住師父，你就說我老孫是他的大徒弟，它們都知道我的本領，就不敢傷害師父了。」

唐僧說：「我是個好和尚，不提你的名。你快走吧！」

孫悟空只好含著眼淚，一個筋斗翻回花果山去了。

孫悟空回花果山去了，剩下三個和尚，一個騎馬，一個挑擔，一個拿著釘鈀在前面開路。他們走了一程，進入一片松樹林。唐僧說：「八戒，在這裡休息一下，我肚子餓了，你去找點吃的東西。」

豬八戒去了半天還不回來，原來他躲在草堆裡睡大覺哩！沙和尚找他去，也好久沒回來，唐僧坐不住了，站起來走出樹林去找八戒他們。他把方向弄錯了，一直朝南走去，一抬頭，看見前面有一座高高的寶塔。「有寶塔就有寺廟。」唐僧心想，等找到八戒他們，就在這廟裡住一夜。他走進寶塔旁邊一個大院子，往北屋裡一看，天哪！石床上睡著一個妖怪，青臉紅頭髮，嘴裡露出大獠牙。

唐僧只覺得渾身發麻，兩腿發軟，轉過身子就跑。那個妖怪很機警，聽到有人在走路，叫一聲：「小的們，看看外面是什麼人？把他捉了來！」

立刻哄的一聲從石床下鑽出十幾個小妖來，一窩蜂的奔出屋子，去揪唐僧的腦袋，和尚沒頭髮，滑溜溜的沒揪住，小妖們就抓他的胳膊扳他的腿，拉拉扯扯把他拖到妖怪面前。

「大王，和尚捉來了，你瞧他又白又嫩，一定很好吃。」

妖怪說：「好哇！放在大鍋裡煮了吃。」

回頭說沙和尚，他找到豬八戒時，天都快黑了，回到樹林裡一看，哎呀！師父不見了。他們繞著樹林兜了一圈，看見了那座寶塔。

豬八戒說：「沒事！有寶塔就有寺廟。師父準在那裡吃酒席。快走，咱哥兒倆也去飽飽吃一頓。」

他們走近一看，發現院子的大門頂上，寫著「碗子山波月洞」，知道這是妖怪住的地方。

「開門，開門！」豬八戒拿起釘鈀，把大門敲得咚咚響。

咿呀一聲，小妖們開了門，妖怪拿著大刀走出來。

豬八戒、沙和尚，兩個打一個。打了一陣子，豬八戒兩條胳膊痠得要命，釘鈀也快舉不起來了。他對沙和尚說了聲：「師弟，你頂住，我拉泡屎。」就溜了，他往樹叢裡亂鑽，骨碌一下躺倒，再也不敢出來了。

兩個還打不過一個，豬八戒溜了，沙和尚怎麼頂得住呢？他一邊打，一邊退，正想找個空隙逃走，被妖怪一把抓住。小妖們跑過來，把沙和尚的手腳捆住，嘻嘻哈哈抬了回去。

豬八戒呢？他躲在草叢裡，起先還豎著一隻大耳朵聽動靜，不一會兒就睡著了，這一覺一直睡到半夜才醒來。

他慢慢地從草叢裡爬出來。拖著釘鈀，回到樹林裡去，只剩下他一個人了，豬八戒傷心起來，說：「師父，師弟，我想救你們，也救不了啊！都怪我胡說八道，讓師父把猴哥趕跑了，要不，妖怪哪敢欺侮我們？師父、師弟就不會落難了……。」豬八戒說著，恰巧看到平日師父乘坐的那匹白馬，「沒辦法，我只好牽著這匹白馬，帶著這些行李，回高老庄去了。」

他正想去拿行李，那匹白馬說起話來了：「二哥哥，你可不能放下師父和三哥哥不管呀！」

豬八戒嚇了一大跳：「你、你、你怎麼開口說話了？」

白馬咬住他的衣服，眼睛裡滾出淚珠：「二哥哥，你趕快到花果山去，請咱們的大哥哥回來救師父。」

白馬說得有道理，可是，可是，豬八戒搖搖頭說：「老弟，我請別人吧！孫悟空都恨死我了，我可不敢去請他。萬一他拿金箍棒隨便碰我一下，我還活得成嗎？」

　　白馬說：「大哥哥可是個好猴王，絕不會打你。你去了，別說師父有難，只說師父想他，把他哄了來。他一看見妖怪，眼睛就紅；打了妖怪，不就把師父他們救出來了嗎？」

　　豬八戒這才點了頭，跳上雲頭，正好順風，他撐開兩隻大耳朵，就像兩張大風篷，風從背後吹來，吹在大耳朵上，推著他走得更快，不一會兒，就到了花果山。

　　豬八戒從雲頭上跳下來，邊走邊看風景。忽然，山的那邊山搖地動了起來，並且傳來大聲：「大聖爺爺萬歲！」他急忙轉過山頭，放眼看去，只見成千上萬隻猴子在磕頭，上面坐的就是孫悟空。

　　豬八戒挺害怕，悄悄過去混在猴子中間，跟著磕頭。

　　孫悟空是火眼金睛，他早就看見豬八戒了，就喊了一聲：「小的們，哪裡來了個外國人？快給我拿了來。」

　　豬八戒心裡說：「我怎麼是外國人？我跟你做幾年兄弟了。」他抬起頭，把長嘴往上一翹說：「哥哥，你不認得我，總還認得我的長嘴呀！」

孫悟空看見他那副怪樣子，忍不住嘻的一聲笑起來：「豬八戒，你不跟唐僧去取經，到這裡來幹什麼？哦，我知道了，你也是讓唐僧趕走的？」

　　「師父沒有趕我，是他想你，叫我來請你的。」

　　「師父不會想我，也不會請我。就算請我，我也不去。你老遠到我這裡，我要陪你玩一玩。」

　　豬八戒心裡急得像火燒，哪有心思玩兒，可是他怕孫悟空，只好跟著他走，他們上了山，一眼看去，青的山，綠的水，花草樹木，好看極了！

　　豬八戒忍不住，只好把前前後後的事情說一遍，並勸孫悟空：「哥哥啊！馬都那麼懂事，你能不去嗎？」儘管豬八戒這麼說，孫悟空還是不肯去，豬八戒就撒起謊來：「那妖怪把師父捉了去，我和沙和尚打不過他，就說：『妖怪，你不要害了我們師父。他的大徒弟、我們的大師兄，是大鬧天宮的齊天大聖。你要是害了我們師父，他來了一定要你的命！』哪裡知道，妖怪說：『什麼齊天大聖，他來了更好，我就剝他的皮，抽他的筋！拿他用油炸了當點心。』」

　　孫悟空聽罷，大叫一聲：「氣死我了！那妖怪敢這樣罵我。走，走，我去打死那妖怪，報了仇再回花果山。」

孫悟空和豬八戒駕起雲頭，來到碗子山，孫悟空拿金箍棒一捅，把波月洞的大門捅了個大窟窿。

　　妖怪出來一看，搔搔頭說：「唐僧說他只有兩個徒弟，怎麼又來了一個，你是來亂的吧！」

　　孫悟空聽他這麼說，火更大了：「你這個妖怪，罵了我還裝模作樣，說沒聽說過我老孫。吃我一棒。」一個拿棒，一個拿刀，跳到半空裡打起來，那妖怪怎麼打得過孫悟空？連滾帶爬的逃走了。孫悟空和豬八戒把小妖們統統打死，一直找到廚房裡，才找到唐僧、沙和尚。

　　他們就在廚房裡煮了飯，飽飽的吃了一頓，又朝西走了。

　　一天，唐僧他們來到平頂山，豬八戒上山巡邏被妖怪捉了。這妖怪名叫銀角大王，住在平頂山的蓮花洞，他還有個哥哥叫「金角大王」。

　　金角大王問豬八戒：「你是什麼人？」

　　豬八戒說：「我是豬八戒，師父唐僧！」

　　金角大王說：「好，好！我早聽說，吃了唐僧肉，就能長生不老。我沒去找他，他倒自己來了。不過他有三個徒弟，兩個不中用，只有一個孫悟空真有本領。想吃唐僧肉，得先拿住孫悟空。」他叫小妖們把豬八戒吊在屋頂下，再叫銀角大王去捉孫悟空。

銀角大王出來走了沒多遠，看見唐僧他們來了，就變成個道士，哇哇叫著：「救人哪，救人哪！剛才我碰到一隻大老虎，嚇得從山上滾下來，把腿摔斷了。」唐僧聽見了，趕著馬到聲音來處一看，是個老道士，躺在地上直哼，他的臉上全是血，就叫孫悟空背著他走。孫悟空早就看出他是個妖怪，心想：我倒要看看這妖怪會耍什麼把戲？就背著他走。走了三、四里路，孫悟空想：我把這妖怪往山下一扔，摔死他算了。

　　哪裡知道孫悟空剛動念，妖怪就知道了，連忙叫山神搬了須彌山來壓孫悟空。孫悟空聽見天空裡有個東西呼的朝他壓來，急忙把頭一歪，那座須彌山正好壓在他右肩上。妖怪又叫山神搬了峨眉山來壓孫悟空，孫悟空又把頭一歪，那座峨眉山正好壓在他左肩上。孫悟空好大的力氣，兩個肩膀挑著兩座大山走路。妖怪再叫山神搬了泰山來，啪——從天空一直朝孫悟空的頭頂壓下來，這回把孫悟空壓住了。

　　三座大山壓住了孫悟空，銀角大王捉住沙和尚和唐僧，連同白馬和行李，全帶回山洞裡去。

　　金角大王眉開眼笑，說：「好，好！咱們再把孫悟空捉進洞裡來，跟唐僧他們一鍋蒸了，吃個痛快！」

　　銀角大王說：「容易，容易！只要派兩個小妖，帶咱們的

寶貝紅葫蘆和玉淨瓶去就行了。」說完就叫來精細鬼和伶俐蟲，對他們說：「你們到三座大山跟前，拿紅葫蘆也好，拿玉淨瓶也行，底朝天，口朝地，叫一聲：『孫悟空！』他不答應，算他機伶；他一答應，寶貝馬上就把他吸進去，你們趕緊拿塞子塞緊。哈哈，哪怕他是鐵打的，過一會兒也化成水。」

再說管山的是山神，管地的有土地公。土地公看見飛來三座大山，山下面嘰哩咕嚕有人在說話。一瞧，壓的是大鬧天宮的齊天大聖，土地公忙叫山神把三座大山搬回原來的地方。

孫悟空抖掉身上的土，正要去救師父、師弟，忽然看見遠遠走來兩個小妖，就搖身一變，變成個道士，朝他們走去。

兩個小妖看見孫悟空，問他：「你從哪裡來的？」

孫悟空裝模作樣地說：「從蓬萊仙島。你們呢？」

「我們從蓮花洞來的，大王叫我們去捉孫悟空。」

孫悟空故意大叫起來：「是跟唐僧取經的孫悟空嗎？哎，口朝地，叫一聲『孫悟空！』他一答應就進去了……」

孫悟空悄悄地從尾巴上拔了根毫毛，一變變成個大葫蘆，說：「你們瞧，我也有個葫蘆，比你們的大，能裝天。」說著，把大葫蘆向天空一扔，趕緊吸了一口氣，把四面八方

幾千里路外的烏雲全吸到這裡來，一眨眼工夫，天昏地黑，嚇得兩個小妖哇哇叫：「哎呀，我什麼都看不見了，快把天放出來吧！」孫悟空吹了一口氣，烏雲全飛走了。

兩個小妖看了眼紅，用紅葫蘆和玉淨瓶換了孫悟空的大葫蘆，一抬頭，孫悟空不見了。他們也想試試把天裝進去玩玩。伶俐蟲把大葫蘆往天空一扔，那大葫蘆翻了個身，啪的掉了下來。精細鬼再試，大葫蘆又掉下來，「是假的，是假的——」兩個小妖慌了。

這時候，孫悟空把尾巴抖了一抖，變葫蘆的那根毫毛就收回來了，不用說，大葫蘆也無影無蹤了。

精細鬼和伶俐蟲回到蓮花洞，金角大王聽完他們的話，氣得直跳腳：「什麼神仙，那是孫悟空變來騙寶貝的。」

銀角大王說：「哥哥，你別急，咱們還有件寶貝在媽媽那裡。今天咱們接媽媽來吃唐僧肉，請她老人家順便把那件寶貝帶了來，好拿它去捉孫悟空。」這回另外派了巴山虎、倚海龍兩個小妖去。

孫悟空騙了精細鬼和伶俐蟲，就變成一隻蒼蠅跟著他們回到蓮花洞，兩個妖怪說的話他全聽見了，他也變成個小妖，跟著巴山虎和倚海龍去接妖怪奶奶了。別看這妖怪奶奶牙全掉了，還挺嘴饞呢！一聽要接她去吃唐僧肉，樂得咧開癟嘴，帶上那件寶貝，坐在轎子裡，讓自己的兩個小妖抬著她走。

走到半路，孫悟空打死了小妖和妖怪奶奶，搜出那件叫做晃金繩的寶貝。繩子一頭拴著個金圈，是捉人用的。孫悟空再變成妖怪奶奶，往轎子裡一坐，又拔了幾根毫毛變成小妖，抬著他走。轎子來到蓮花洞，大小妖怪一齊跪下迎接妖怪奶奶。假奶奶下了轎，扭呀扭的走進山洞，在大廳坐下，金角大王叫「媽」，銀角大王叫「娘」，媽呀娘的叫得真親熱。

唐僧一行人正被吊在大廳的屋頂下，豬八戒本來閉著眼睛在等死，忽然聽見下面鬧哄哄的，睜眼一看，忍不住嘻的一聲笑起來。「什麼妖怪奶奶，是弼馬溫來了，他後面翹著一條猴子尾巴呢！」沙和尚也看見了。忙壓低聲音說：「別讓妖怪聽見了。」豬八戒這才不說話。

　　他們說的話，妖怪沒聽見，那個假奶奶可聽見了，心想：豬八戒這個呆子，你等著吧！他對兩個妖怪說：「你們真是孝順的兒子。唐僧的肉，我倒不想吃，聽說豬八戒的耳朵很好吃，割下來炒一炒給我下酒吧！」

　　豬八戒在上面聽見了，慌忙叫起來：「你這猴子真壞！想叫人家割我耳朵呀！」

　　兩個妖怪聽豬八戒在嚷什麼猴子，一時沒意會過來。這

時巡邏的小妖回來報告：「大王，不好了！孫悟空打死了巴山虎、倚海龍，又打死了老奶奶……這個奶奶是假的……」兩個妖怪聽了，才知道又上了孫悟空的當，拿出兵器就打。假奶奶說：「我的兒，你們怎麼打起媽媽來了？」說著將身子一晃，化作一道紅光，早就出了山洞。

銀角大王追出山洞，和孫悟空打起來。打了一會兒，孫悟空掏出晃金繩，嘩啦啦啦向銀角大王扔去，那金圈一下就套住了銀角大王的脖子。哪裡知道，使這晃金繩，得會念〈緊繩咒〉和〈鬆繩咒〉，銀角大王急忙念了一遍〈鬆繩咒〉，金圈鬆開了，脫出身來，拿起晃金繩一扔，反而把孫悟空套住了，急忙念了一遍〈緊繩咒〉，金圈在孫悟空脖子上越卡越緊，卡得他氣也喘不過來。

銀角大王牽著繩子，把孫悟空帶回蓮花洞，拴在大廳裡

的柱子上，往他身上一搜，把紅葫蘆和玉淨瓶全搜走，和金角大王到後廳喝酒去了。

豬八戒看見孫悟空給拴在柱子上，笑著說：「哥哥，這回你還吃我的耳朵嗎？吃不成了吧！」

孫悟空說：「呆子，你瞧著。」好個孫悟空，從耳朵裡掏出金箍棒，變成一把鋼銼，把金圈銼成兩段，脫出身來，又拿毫毛變了一個假孫悟空，照樣把他拴在柱子上，自己帶著真的晃金繩，跑到山洞外面，大叫：「空悟孫來了！」

奇怪，捉了一個孫悟空，又來了一個空悟孫？銀角大王說：「哥哥，這回我拿紅葫蘆去捉空悟孫。」

這個空悟孫跟孫悟空長得一模一樣。銀角大王說：「我叫你一聲空悟孫，你敢答應嗎？」

孫悟空知道銀角大王要用紅葫蘆捉他，心想，他叫的是

「空悟孫」，這名字是假的，我答應他一聲怕什麼？哪裡知道這紅葫蘆不管你真名假名，只要一答應，就請你進去。孫悟空答應了一聲，呼的一下被吸進去了。

紅葫蘆給塞上塞子，裡面黑漆漆，又悶又熱，很不好受。孫悟空想出個辦法，他在葫蘆裡撒了一泡尿，再搖身一變，變成一隻小飛蟲，叮在葫蘆口旁，故意哇哇大叫：「哎呀，我的兩條腿全化成水。」過了一會兒，又叫：「哎呀，我的腰也化成水了！」

兩個妖怪聽到，拿起葫蘆搖了搖，聽見裡面晃蕩晃蕩真的有水，以為空悟孫化成水了，就拔開塞子。孫悟空變的小飛蟲飛了出來，又變成一個小妖，站在兩個妖怪身邊。金角大王說：「空悟孫化的水好臭呀！小的們，快把水倒了。」

孫悟空馬上接過紅葫蘆，把自己撒的尿倒了，再拔根毫毛變個假葫蘆還給銀角大王，隨後又跳出山洞，大叫：「悟空孫來了！」

銀角大王說：「不管他們有多少兄弟，我這紅葫蘆都能裝得下。」說完，帶著假葫蘆走出山洞，對孫悟空說：「悟空孫，我叫你一聲，你敢答應嗎？」

「你叫一萬聲，我答應一萬聲。」孫悟空拿出真葫蘆晃

了晃，說：「我也有寶貝葫蘆能裝人。我叫你，你敢答應嗎？」

銀角大王毫不遲疑的答應了，孫悟空讓銀角大王先叫，他叫一聲，孫悟空應一聲，一連應了七、八聲，葫蘆還是沒把「悟空孫」吸進去。輪到孫悟空叫了，銀角大王一答應，就呼的進了葫蘆，孫悟空趕緊把塞子塞得緊緊的。

金角大王知道了，哇的大哭起來，帶了小妖們去替銀角大王報仇。走出山洞，看到孫悟空就打。金角大王本領平常，被孫悟空打得落花流水，趕緊轉身到妖怪奶奶的庄龍洞去了。

孫悟空舞著金箍棒，打得小妖們一個不剩，進山洞去把唐僧、豬八戒、沙和尚救了下來。他搜出那玉淨瓶，帶著它，駕著雲頭，來到庄龍洞的上空，大叫：「金角大王！」

金角大王以為是蓮花洞的小妖來找他，就「哎」了一聲，立刻被吸進了玉淨瓶。孫悟空收了兩個妖怪，得了三件寶貝，心裡很高興，正往回走，卻被一個老爺爺攔住，對他說：「快還我的寶貝。」

孫悟空聽得有氣，罵說：「你這老頭，讓家裡人到這兒來當妖怪，真是豈有此理！」

孫悟空仔細一看，認出是兜率宮的太上老君，就回答說：

「我可沒向你借過什麼寶貝！」

太上老君說：「紅葫蘆、玉淨瓶、晃金繩，都是我的寶貝。金角大王、銀角大王是我跟前兩個看爐子的童子。」太上老君笑咪咪地說：「悟空，你可別怪我。觀世音菩薩要試試你們西天取經的決心，向我借了兩個童子，變成兩個妖怪，在這裡考考你們。恭喜，恭喜，你們及格了。」

孫悟空這才明白。他急忙拿出紅葫蘆、玉淨瓶搖了搖，說：「哎呀！你那兩個童子都化成水了。」

太上老君不慌不忙，接過那兩件寶貝，拔了塞子，裡面飄出兩縷白煙來，一眨眼變成了兩個童子。太上老君又收了晃金繩，就帶著兩個童子回兜率宮去了。

孫悟空回到蓮花洞，叫豬八戒做飯，大家吃飽後，又出

發朝西走了。

一天，唐僧他們來到車遲國京城郊外，看見一大群和尚在搬磚瓦，運木料，一邊拉車一邊喊著：「嗨喲，嗨喲……」這些和尚一個個臉黃人瘦，衣服破破爛爛，像是要飯的。

原來是二十年前，車遲國好久好久不下雨，莊稼都快枯死了，國王就叫全國的和尚來念經求雨。他們念了好幾天經，別說雨，天上連一片雲也沒有。這時候，從外地來了三個老道士，他們才一會兒就求下了一場大雨。和尚因此倒楣了！國王下令拆掉寺廟，將和尚都發配給三個老道士當苦工。這回，三個老道士要造房子，就叫和尚來搬磚瓦、運木材。

孫悟空聽說車遲國這樣欺負和尚，怎麼不生氣？就說：「我是齊天大聖，你們快逃吧！我保你們沒事。」和尚忙給孫悟空磕頭，磕完頭朝四面八方逃走了。

唐僧他們進了城，找了個客店住下。半夜，只有孫悟空躺在床上沒睡著，忽然聽見遠遠傳來一陣吹吹打打的聲音，就悄悄地爬起來，跳到空中窺看。喲，南邊一片燈火！他駕著雲前去探看，下面是一座宮殿，大門上寫著「三清觀」，裡裡外外點著幾千支蠟燭。中間一座大殿裡，三個老道士帶領六、七百個小道士，正在做道場。「就是這三個酸老頭兒，害得和尚受苦。我把豬八戒、沙和尚叫了來，跟他們開個玩

笑。」孫悟空回到客店，輕輕拍醒沙和尚，說：「師弟，快起來，咱們吃消夜去。」沙和尚說：「哥哥，什麼時候了，上哪兒去吃消夜？」

「在這裡有個三清觀，道士正在做道場。那兒吃的東西可多了，饅頭有臉盆那麼大，還有各種新鮮水果……」豬八戒迷迷糊糊聽見有好吃的，一骨碌爬起來：「哥哥，為什麼不帶老豬去吃一點兒？」孫悟空說：「你別嚷嚷，把師父吵醒了，大家吃不成。」豬八戒、沙和尚趕緊穿好衣服，跟著孫悟空跳上雲頭，來到三清觀上空。孫悟空吹了一口氣，捲起一陣狂風，幾千支蠟燭立刻全滅了。三個老道士沒辦法，只好讓小道士們去睡覺。孫悟空他們從雲頭跳下來，走進大殿，看見正中坐著三個泥像，中間一個叫元始天尊，左邊一個叫靈寶道君，右邊一個就是兜率宮的太上老君。泥像面前擺著許多吃的東西，有的熱騰騰，有的香噴噴，饞得豬八戒忍不住伸手就抓。孫悟空說：「慢來，慢來！咱們得一個個在座位上坐好，我說一聲『請！』你也說一聲『請！』才能吃。」座位上的是三個泥像，他們往哪兒坐呢？豬八戒急了，衝著太上老君的泥像說：「老頭兒，你在這兒坐膩了吧！讓給我坐坐。」說著，拿鼻子一拱，把泥像拱倒了。孫悟空、沙和尚也把另外兩個泥像推倒。

孫悟空說：「八戒，他們三個老頭兒，躺在一邊瞧咱們吃東西，怪彆扭的！勞駕把他們背出去扔了。」

豬八戒力氣大，把三個泥像疊在一起，往肩膀一扛，摸黑出了大殿，走到一個糞坑旁，通的一下，把他們一起扔了進去。

豬八戒回到大殿裡，變成太上老君，孫悟空變成元始天尊，沙和尚變成靈寶道君，他們你一句「天尊，請呀！」我一句「道君，請呀！」「老君，請呀！」的大吃起來，不管熱的冷的，熟的生的，吃個精光。

說也湊巧，有個小道士剛睡下，忽然想起他的一只鈴鐺丟在大殿裡，就摸黑來找。鈴鐺找到後，正要回房，聽見有人呼吸的聲音，心裡害怕起來，撒腿就跑。想不到一腳踩在一顆荔枝核兒上，撲通滑了一跤。豬八戒看了忍不住哈哈大笑起來，他這一笑，差點把小道士嚇死了。

這小道士走一步，跌一跤，連滾帶爬，來到老道士住的屋子門口。咚咚咚，打雷似的捶著門：「師父，出事了，出事了！」三個老道士睡得正香，給吵醒了：「出了什麼事？大驚小怪的。」小道士說：「真嚇死人了！大殿裡有人哈哈大笑。」三個老道士覺得奇怪，趕緊叫小道士們全都起來，點了燈到大殿裡去，看看是怎麼回事。

孫悟空看見他們鬧哄哄的擁進大殿，左手捏沙和尚一把，右手捏豬八戒一把，叫他們兩個沉住氣，別吭聲。他們板著臉兒，坐著一動不動，真像是泥塑的。

道士們在大殿裡上上下下找了一遍，沒人呀！可是神像面前的盆子、盤子全空了。三老道說：「我知道了，元始天尊、靈寶道君、太上老君三位爺爺到了。我們快求三位爺爺給我們些仙水，大家喝了長生不老。」大老道、二老道聽了，都說：「對，對！」忙帶了小道士們磕頭跪拜，「爺爺呀，求你們給一點仙水吧！」

孫悟空心想：老坐著不說話，也不是辦法，就開口說：「徒子徒孫們，你們拿個傢伙來領仙水。你們得統統出去，關上殿門，滅了燈火，閉緊眼睛，等我們留下仙水再來。」

老道們照著做了，可是孫悟空哪有什麼仙水？他站起身，往小道士們抬來的水缸裡撒了一泡尿。豬八戒樂了，說：「這是仙水呀？老豬比你多。」他嘩啦啦一撒就是半缸，沙和尚也照樣撒了一泡。

道士們點起燈火，進來領仙水。大老道滿滿喝了一杯，說：「這仙水味道不大好。」二老道喝了一口，說：「是不是餿了？」

三老道一喝說：「一股豬臊臭！」

孫悟空聽到這裡，實在憋不住，嘻笑起來，說：「徒子徒孫們聽著，我們是取經的和尚，路過這裡，夜裡沒事兒，上你們這三清觀來玩玩。吃了你們的東西，還讓你們磕頭跪拜，我們總得報答你們呀！你們三番兩次求仙水，我們就給你們留下些，不過那全是我們撒的尿哩！」

三個老道士聽了，氣得發昏，忙叫關上殿門，一起來捉孫悟空三個。好個孫悟空，現出本相，左手夾住沙和尚，右手夾住豬八戒，跳上雲頭，回客店去睡大覺了。

第二天一早，三個老道士去向國王報告，國王就命令逮捕唐僧一行人，把他們押到王宮去。

這時候，正好又鬧旱災了。國王對唐僧說：「你們好大膽！本應立刻處死，可憐你們遠路去取經，就給你們一條生路，讓你們和道士一起求雨，能求下雨來，就放你們走。」隨後命令搭起兩座高台，和尚、道士各一座，看誰能求到雨。

大老道搶先走上高台，點香燒紙，一會兒，天上就颳起大風布滿烏雲，大雨就要來了。孫悟空慌了，跳到空中，大叫一聲：「誰管的風，誰管的雲？」嚇得風婆婆趕緊把風收進布袋，雲弟弟立刻把雲裝上車子。大老道又請來雷公公、電

婆婆、四海龍王來，他們都怕孫悟空，誰敢動一動？孫悟空又叫他們等會兒瞧著他的金箍棒，往上一指就颳風、布雲；再往上一指，就閃電、打雷，最後往上一指，就噴水下雨。

大老道求不到雨，換唐僧上台，他只會坐著念經。孫悟空拿金箍棒往上一指，風婆婆、雲弟弟趕緊颳風布雲；又往上一指，電婆婆、雷公公忙著閃電打雷。接下來，四海龍王噴水，嘩嘩嘩嘩，落到地上，就是一場大雨。

這回道士求不到雨，和尚卻能求得雨，三個老道士越想越氣，就要跟唐僧比本領。

國王點點頭說：「好，你們要比什麼本領？」

二老道說：「比猜謎吧！找個大櫃子來，裡面放一件東西讓大家猜，看誰猜得出來。」

國王派人挑了個紅漆木櫃，讓王后往裡面放了一件東西，抬出來讓大家猜。

唐僧怎麼猜得出呢？孫悟空就變成一隻小蟲子，從櫃子的縫爬進去，看見裡面放著王后的繡花裙。他趕緊咬破舌尖，一口血噴上去，叫聲「變」，繡花裙就變成破衣裳了。他從縫兒爬出來，飛到唐僧的耳朵裡說：「師父，是一件破衣裳。」

唐僧走過去正要猜，被二老道攔住，說：「讓我先猜，

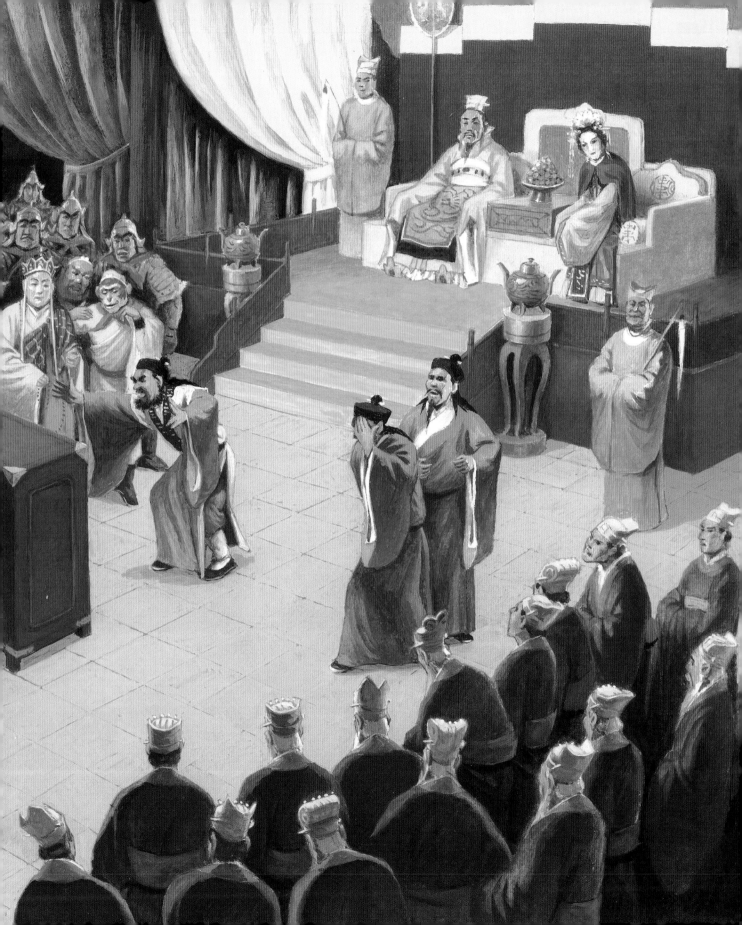

櫃子裡是一條繡花裙。」

唐僧說：「不對，不對！是一件破衣裳。」

國王一聽發了火：「我這王宮裡，不是綢，就是緞，怎麼會有破衣裳？這和尚胡說八道，把他綁起來。」

唐僧慌了。孫悟空連忙說：「慢著！先打開櫃子看一看。」

打開櫃子，裡面真的是件破衣裳，大家都驚呆了，王后也嚇得說不出話來。

國王說：「我親自放一件東西。」就叫人抬著櫃子，跟他到花園裡去。御花園裡有一片桃樹林，正結了纍纍的桃子，國王摘了一個碗大的桃子，親自放在櫃子裡，再叫人抬出來讓大家猜。

孫悟空變的小蟲從縫裡鑽進去，一看是個大桃子，可樂了。他現出本相，捧著大桃子，三口兩口把它啃得精光，剩下一顆桃核，才變成小蟲爬了出來，對唐僧說：「師父，櫃子裡是一顆桃核。」

還是二老道先猜：「櫃子裡是一個仙桃。」

唐僧說：「不是，不是！是一顆桃核。」

打開櫃子一看，真的是一顆桃核，國王也呆住了，搖搖

頭對三個道士說：「算了，算了，我親自放的桃子，只剩下一顆核了。你們別跟他們比了吧！」

大老道說：「這個唐僧有法術，會把櫃子裡的東西變成別的。我來放一件東西，保證他變不成。」

國王只好答應。大老道叫人把櫃子抬到後面去，叫跟著他的小道士坐在裡面，再抬出來讓大家猜。

孫悟空又變成小蟲，爬到櫃子裡去，這回櫃子裡是個小道士，他就變成大老道的樣子，對小道士說：「唐僧已經知道櫃子裡是個小道士，咱們不能又輸了。現在我把你的頭髮剃光，如果他還猜是小道士，就輸了。」

孫悟空從耳朵裡拿出金箍棒，變成一把剃刀，把小道士的頭剃得光溜溜的，又往他身上吹了口氣，把道士服變成和尚衣，再用毫毛變了個木魚，塞到小道士手裡，對他說：「徒弟，你聽好！等會兒有人叫『小道士』，你千萬別吭聲；等到有人叫『小和尚』，你就敲著木魚，念『阿彌陀佛』，從櫃子裡走出來。」

二老道先猜：「櫃子裡是個小道士。」唐僧說：「是個小和尚。」豬八戒嗓門大，幫著大叫一聲：「小和尚！」櫃門一開，走出個小和尚來，一邊敲木魚，一邊念佛：篤篤，「阿

彌陀佛！」篤篤，「阿彌陀佛！」

三個老道士這回才服輸，他們跪在國王面前說：「我們來了二十年，乾旱時，替老百姓求雨，也做了幾回好事，就是不該欺負和尚，今天我們認錯了，這就遠走高飛。」

孫悟空說：「不用遠走高飛，以後不欺負和尚就是了。」國王聽了，連忙下令把五百個和尚找回來，把拆掉的寺廟重新造起來。當天備了一席素齋，招待唐僧他們，又派人送他們出城去。

唐僧他們又往西走。一天傍晚，來到通天河。這條河寬八百里，想要過河，真是難上加難。他們沿著河岸走了八、九里，看見一個叫做陳家莊的村子，村口兩戶人家，男的女的都在哭。

原來靠河岸的大王廟裡有個妖怪，他今天生日，要村口陳澄、陳清兄弟兩家獻出一男一女兩個孩子當點心吃。

唐僧聽了嚇得不停地念佛：「菩薩，快救救孩子！」孫悟空說：「師父，你求菩薩，還不如求我。」轉身叫陳清把兒子抱出來看看。

那小男孩長得活潑可愛，孫悟空轉身一變，就變得跟那男孩一模一樣，拉著陳清的手，問：「你說變得像嗎？今晚把

我抬到大王廟去，我老孫就頂替你兒子。」

陳清聽了，連忙跪下磕頭；陳澄聽說來了活菩薩，也帶著全家人趕來向他們磕頭，說：「菩薩，也請救救我家的小女兒呀！」

孫悟空說：「這還不容易！你們快去燒七八十斤的米飯，再做些素菜，請我們的長嘴和尚吃個飽，叫他變成你家孩子的樣子，跟我一起到大王廟去。」

豬八戒聽了，嚇了一跳：「我不去，我不去！」

「呆子，老孫救了你多少回？你就不救人家一回呀？」

豬八戒沒話說了：「我、我、我只會變山，變樹，變石頭，變水牛，變大象；變人嘛，變個大胖子還可以，要我變成小女孩，實在難，難，難！」

孫悟空對陳澄說：「別理他！快把你女兒抱出來。」

豬八戒瞧著小女孩搖身一變，臉蛋倒也像，可是肚子太大，變不過來。孫悟空朝他吹口氣，就把他全變過來了。

時間不早，陳澄、陳清叫人抬出兩張桌子，桌子上面放著紅漆盤子，讓孫悟空、豬八戒變的男孩、女孩坐在盤子裡，先抬起來試試。

一會兒，村子裡一片燈火，敲鑼，打鼓，放鞭炮的來迎兩個孩子，和豬呀、羊呀，一起抬到大王廟去。

　　到了半夜，呼啦啦啦颳起了一陣狂風。豬八戒害怕的說：「妖怪來了！」孫悟空搖搖頭說：「你沉住氣，別開口，讓老孫跟他說話。」

　　妖怪真的來了：「啊哈哈！今年是哪兩家的孩子？」

　　孫悟空回答：「是村口陳澄、陳清兩家。」

　　妖怪聽了，覺得奇怪：往年，我一開口，孩子就嚇昏了，這個男孩膽子好大！就問：「我要吃你們了，你知道嗎？」

　　「知道，知道！你儘管吃吧！」

　　妖怪起了疑心，說：「我先吃女孩吧！」

　　這可把豬八戒嚇壞了，忙說：「大王，先吃男孩吧！」

　　妖怪沒理他，伸出手來抓女孩，豬八戒撲的從盤子裡跳到地上，現出本相，對準妖怪就是一釘鈀。妖怪是來過生日的，沒帶兵器，更沒料到女孩一下變成個大胖和尚，轉身就逃，可是來不及了，被豬八戒鑿了一釘鈀，噹啷一聲，妖怪身上掉下兩片亮晶晶的東西。孫悟空也現出本相，和豬八戒一起去追妖怪，一直追到河邊，那妖怪鑽到河裡去了。孫悟空、豬八戒回到廟裡，從地上撿起那兩片亮晶晶的東西，心

裡明白了：這妖怪是通天河的鯉魚精呀！

孫悟空、豬八戒趕跑了妖怪，陳家莊老老小小都來謝他們，一家家輪流著請客吃飯，這可便宜了豬八戒的大肚子了。

八百里寬的通天河怎麼過？誰也想不出辦法，唐僧急得直流淚。忽然一個夜晚下起大雪，通天河八百里的河面，全結了厚厚一層冰。

那時才入秋，天還沒冷，怎麼下起雪來了？唐僧說：「一定是老天幫的忙。」他歡天喜地，帶了三個徒弟從冰上過河。

他們走了幾天，快到河中心，只聽得腳底下嘩啦一聲響，冰裂開了。孫悟空手腳快，趕緊一跳，跳到空中，可是唐僧、豬八戒、沙和尚三個，還有白馬和行李，全都掉到河裡去了。

下雪，結冰，哪是老天幫的忙，全是鯉魚精耍的鬼把戲。妖怪興沖沖的過生日，沒吃到童男童女，反而被豬八戒鑿下兩片魚鱗，他怎能不生氣？但是他也知道自己打不過孫悟空，就吹了一夜冷風，叫天上飄雪，河面結冰，騙唐僧他們從冰上過河。等孫悟空他們走到河中心，就讓冰一下裂開，除了孫悟空，其他人全落水了。

鯉魚精看見豬八戒、沙和尚帶著兵器，先不招惹他們，把唐僧抓住囚禁起來，再趕出來追擊其他的人。豬八戒、沙

和尚都會潛水游泳，白馬本來是一條小龍，也不怕水，他們找到行李，一起浮出水面。

孫悟空在空中看見河裡波浪翻滾，知道豬八戒、沙和尚把妖怪引出來了。

一會兒，沙和尚出了水面，叫著：「來了，來了！」又過了一會兒，豬八戒出了水面，叫著：「來了，來了！」接著鯉魚精把腦袋鑽出水面來，大叫一聲：「兩個和尚往哪裡走？」

孫悟空太性急，沒等妖怪全鑽出來，就一棒打過去。鯉魚精趕緊把身子往下一沉，回水底去了，他知道孫悟空厲害，就再也不肯出來。

捉不住妖怪，也就救不了師父。豬八戒怪孫悟空：「都是你這猴子太性急！我們好不容易才把妖怪引出來，結果白費勁！」沙和尚說：「別說廢話了，快想個辦法救師父呀！」孫悟空想了想說：「有了！我去查一查這鯉魚精是哪裡來的？」說完話，一個筋斗雲，就到了南海普陀山。

守山大神見孫悟空來了，忙說：「大聖，菩薩知道你今天要來。她一早到紫竹林裡去了，你在這兒等一會兒。」

孫悟空坐著等了一會兒，觀世音菩薩提著個剛編好的竹籃兒，從紫竹林裡走出來，說了聲：「悟空，快跟我救你師父

去！」就駕起雲頭，孫悟空跟在後面，一起來到通天河上的天空。

　　孫悟空在空中看見豬八戒、沙和尚出了水面，就問：「師父在哪兒？」豬八戒說：「誰知道，說不定進了妖怪的肚子了。」

　　孫悟空說：「我不會水，你們誰背我下水去，看看師父在哪裡？」

　　豬八戒心想：這猴子不會水，好！他老捉弄我，今天，老豬要捉弄他一回。就說：「我來背你。」

　　孫悟空知道豬八戒不存好心，可是還是讓他背著走。他們走了百把里路，豬八戒動起壞腦筋來，孫悟空棋高一著先知道了，就拔了根毫毛，變個假孫悟空在豬八戒背上，自己變成一隻蝨子，躲在豬八戒耳朵裡，那個假孫悟空是根毫毛，浮到水面去了。沙和尚大叫起來：「大哥不見了！」豬八戒說：「隨他死了活了，咱們找師父去。」話沒說完，聽見孫悟空叫了起來：「你還背著我呢，快走快走！」

　　他們來到水底，看見一座宮殿，孫悟空變成一隻蝦，跳到宮殿裡去，在宮殿後面看到一只石頭做的箱子，師父就給關在這裡，他出來對豬八戒、沙和尚說：「你們去和妖怪打，

把他引上岸來，老孫的鐵棒等著他。」

豬八戒、沙和尚和妖怪打了一陣子，轉身就走，妖怪不放過他們，一直追往水面。

觀世音菩薩和孫悟空正好在通天河上等。豬八戒抬頭一看，笑著說：「這猴子真是急性子，不等菩薩梳好頭，就把她請來了。」

觀世音菩薩站在彩雲上，從身上解下一根絲帶，拴住竹籃，再把竹籃拋到河裡去。她拿著絲帶，左一擺，右一擺，嘴裡念著：「死的去，活的來；死的去，活的來。」念了七遍，再猛然把絲帶往上一提，把竹籃提了起來，竹籃裡多了一條活蹦亂跳的大鯉魚，還眨著眼睛呢！

觀世音菩薩說：「悟空，快救你師父去。」

孫悟空說：「菩薩，你也真逗，我請你來捉妖怪，你沒事似的釣起魚來了，沒捉到妖怪，我怎麼救師父呢？」

觀世音菩薩說：「妖怪就在竹籃裡呀！」

原來這妖怪是觀世音菩薩在荷花池裡養的大鯉魚。觀世音菩薩每次去看荷花，這大鯉魚就浮在水面，露出腦袋，向觀世音菩薩低頭，不知道哪一天，漲了海潮，大鯉魚趁著潮水，漂到通天河來做了妖怪。他使的兩個銅鐘，就是荷花池裡還沒綻開的花苞呢！

觀世音菩薩說：「今天一早，我到荷花池邊沒看見大鯉魚，一算，知道它在這裡害你師父，就在紫竹林裡編了這竹籃來捉它了。」說完就回南海去了。

孫悟空忙叫豬八戒、沙和尚去救師父。他們兩個來到水底，把小妖都打死，救了師父出來。

可是這通天河還是得過去呀！村子裡的人聽說除了妖怪，都跑到河岸來向唐僧他們道謝。孫悟空說：「謝倒不用謝，快找艘船來送我師父過河去。」

大夥正忙著找船，忽然河裡一隻大烏龜浮出水面，仰著頭，對孫悟空說：「大聖，我送你們過河去。」

原來水底那座宮殿是這大烏龜的，九年前被鯉魚精占了。這次孫悟空請來觀世音菩薩，收了鯉魚精，他專程來謝謝孫悟空。這烏龜像船一樣大，他爬上岸，讓唐僧師徒和那

匹白馬在他的背上站穩，他才慢慢地下河，四條腿像四把槳，劃呀，劃呀，半天時間就到了對岸。

唐僧對大烏龜說：「把你累壞了吧！我們取經回來，會經過這裡，還得勞煩你，先謝謝你了。」

大烏龜說：「不敢當，我只託你一件事兒，你到了西天，見了如來佛，替我問一問，我活了一千三百年，不做壞事，盡做好事，什麼時候才能脫去我這硬殼殼，變成人的身體。」

唐僧說：「我會替你問的。」大烏龜點點頭，就沉到水底去了，而唐僧他們也找到路往西繼續走。

夏天過去，秋天來了，唐僧他們走到一個地方，天氣熱得像在蒸籠裡烤，完全不符合季節。唐僧師徒一看，啊！前面五、六十里的地方，一座大山像個火盆，呼呼呼地冒出大火。

唐僧看了搖頭，沙和尚看了瞪眼，豬八戒看了說：「再往前走的話，準燒成焦炭。」

孫悟空說：「路邊有戶人家，咱們去問問這是個什麼地方，怎麼才能過山去。」

這戶人家只有一位老公公，告訴他們說，前面那座大山叫火焰山，要過火焰山，得向鐵扇公主借芭蕉扇。搧一下，火就滅，搧兩下，風就來，搧三下嘛，就下雨了。

「鐵扇公主？啊！我知道。」孫悟空在花果山當大王的時候，有一幫結拜兄弟，裡面有個牛魔王，這鐵扇公主是牛魔王的妻子，孫悟空還得叫她一聲嫂嫂呢！但是孫悟空沒見過她，就問：「鐵扇公主住在哪裡？」

「翠雲山的芭蕉洞。」

孫悟空說了聲「謝謝！」身子一扭，就到翠雲山了。他找到芭蕉洞，就去敲門。咿呀一聲，洞門開了，出來個黃毛丫頭，孫悟空忙說：「給公主通報一聲，說有個親戚來找她。」

丫頭進去不久，鐵扇公主出來了，孫悟空行了禮說：「嫂嫂，老孫保護唐僧取經，路過火焰山，來借芭蕉扇。」

鐵扇公主聽了，笑著說：「你就是大鬧天宮的齊天大聖吧？人家來借，我就借給他，你這個猴子會耍賴。你一個筋斗雲十萬八千里，借了不還，我上哪找你要去？」

孫悟空說：「老孫有借有還，滅了火，馬上送回來。」

「不借，不借！」

「借吧，借吧！」

「你一定要借，就把腦袋伸過來讓我砍三劍。」

「好哇！就讓你砍。」孫悟空把頭一昂，說：「砍吧！」鐵扇公主抽出寶劍，叮叮噹噹砍了十幾劍，就像砍在鐵上，孫悟空毫髮無傷。

孫悟空說：「嫂嫂，說話要算數。你說砍三劍，我讓你砍了十幾劍，快把扇子借給我。」

「好，你等著！」鐵扇公主一張嘴，吐出一把扇子來，像片小樹葉，拿在手裡晃了一晃，就變成席子那麼大了，「給你！」

鐵扇公主說著，用芭蕉扇一搧，颳起一陣狂風，把孫悟空吹到天上去了。

孫悟空像斷了線的風箏，在天空飄飄蕩蕩，第二天早晨才落在一座山上。他仔細一看，認得這是小須彌山，有位靈吉菩薩住在這兒。

靈吉菩薩見了孫悟空，就問：

「大聖，你跟唐僧取經回來了？恭喜，恭喜！」

孫悟空說：「早哩！我們還沒到西天。」

「那你怎麼有空上我這兒來玩？」

孫悟空把借扇子的事說了一遍。靈吉菩薩點點頭說：「那鐵扇公主的芭蕉扇很厲害！誰被它搧了一下，少說也得飄出八萬多里路。」

「可不是，我老孫都給搧出五萬里路哪！」

靈吉菩薩說：「我正好有一顆定風丹，你藏在身上，再大的風也吹不動你。」說完話，取出那顆定風丹，交給孫悟空。

179

孫悟空謝了靈吉菩薩，一筋斗回到翠雲山。

「開門，開門！老孫又來借扇了。」

鐵扇公主心想：這猴子真有本事！我把他搧出八萬里路，這麼快就回來了。這回呀，我得使勁搧他幾下，讓他飄得遠遠的，再也來不了。

「哈哈，孫悟空，你該知道我的芭蕉扇有多厲害了？」

孫悟空說：「你搧吧，使勁搧！我走了許多路，出了許多汗，搧點風好涼快涼快。」

鐵扇公主拿出芭蕉扇，連著搧了幾下，孫悟空還是一動不動。她害怕起來，逃進山洞，砰的一聲，關上洞門。

孫悟空變成一隻小飛蟲，從門縫兒裡飛了進去，看見小丫頭在給鐵扇公主倒茶。倒茶的時候碗裡冒著泡沫，孫悟空就悄悄地飛到泡沫裡待著。鐵扇公主渴極了，接過碗，咕嚕咕嚕把茶全喝了，也把孫悟空喝到肚子裡去了。「公主，快把芭蕉扇借給老孫用一用。」

鐵扇公主嚇了一跳，問：「孫悟空，你到底在哪裡？」

「我在你肚子裡呀！」說著，孫悟空現出本相，又是蹬腿，又是打拳，還翻起筋斗來，疼得鐵扇公主倒在地上直打滾。「哎喲，哎喲，饒命呀……你快出來……我把芭蕉扇借

給你⋯⋯。」

孫悟空這才收住手腳，說：「好，饒你性命，快把扇子借給我用。」

鐵扇公主就叫丫頭拿著扇子，站在她身邊。「叔叔，扇子給你，你快出來吧！」

孫悟空從鐵扇公主的肚子裡爬到喉嚨口，說：「你讓我從哪裡出來？在你腰裡戳個洞出來嗎？快把嘴張開！」

鐵扇公主一張嘴，孫悟空變成小飛蟲，從她嘴裡又飛出來，停在扇子上。鐵扇公主張嘴等著，說：「叔叔快出來吧！」孫悟空回答：「我在這兒呢！」現出本相，說聲「謝謝！」

唐僧他們在老公公家裡等得好急，看見孫悟空背著一把扇子回來，心裡很高興。他們謝了老公公，就跟著孫悟空朝火焰山走去，才走了三、四十里路，都熱得受不了啦！地面像燒紅的鐵板，燙得腳底皮起了泡。

孫悟空說：「師父，師弟，你們也別走了。等我搧滅了火，搧來了風和雨，你們再過山去。」

孫悟空獨自走到火焰山前，舉起那把扇子一搧，咦？火焰山的火不但沒有滅，反而呼呼地往上冒。他以為自己沒使勁，狠狠地又一搧，不得了，那火焰冒起幾丈高。他再一搧，

不好了！火焰直往上沖，把天空都燒紅了。孫悟空一看不對勁，扔了扇子，轉身就跑，才沒讓火燒著，可是屁股上的毛全給燒焦了。

孫悟空上了鐵扇公主的當！借到一把假的芭蕉扇。

孫悟空說：「一定得借到芭蕉扇。我找牛魔王去，請他幫個忙。」說完，跳上雲頭，去找牛大哥了。

孫悟空來到積雷山，找到摩雲洞，見了牛魔王就行禮，說：「牛大哥，咱們五百多年沒見面了，你還認得小弟嗎？」

牛魔王連忙還禮，說：「你不就是齊天大聖嗎？聽說你鬧了天宮，給壓在五行山下，後來保護唐僧取經去了？」

「就為取經的事，才來找你牛大哥哩！西天路上，過不了火焰山，向你來借芭蕉扇的。」

牛魔王說：「芭蕉扇是我老婆的，她住在翠雲山。」

孫悟空說：「去了翠雲山，再到積雷山。」就把他向鐵善公主借扇的事，一五一十地告訴了牛魔王，最後說：「公主害得我燒焦屁股上的毛，這就不說了，現在只請牛大哥幫個忙，說個情，讓公主把扇子借給老孫用用。」

哪裡知道，牛魔王一聽冒了火：「你這猴子好大膽，敢欺負我老婆！」話沒說完，舉起鐵棍就打。

孫悟空急忙一閃，說：「牛大哥，我可不是來找你打架來的。請你跟嫂嫂說說，把扇子借給老孫吧！」

　　「不借，不借。」牛魔王拿著鐵棍，沒頭沒腦地朝孫悟空打來。孫悟空只好拿出金箍棒還手。

　　孫悟空和牛魔王打得正熱鬧，忽然有人在叫：「牛爺爺，牛爺爺，我們大王請你去喝酒。」

　　牛魔王收住鐵棍說：「猴子，我喝了酒，再來跟你比個高低。」說完話，回到洞裡牽出一頭野獸，不像獅子，也不像馬，叫做避水金睛獸，騎上它，一溜風似的走了。

　　孫悟空心想，讓我跟去瞧瞧。他變成一陣清風，遠遠地跟在牛魔王後面。才一眨眼，牛魔王就不見了。孫悟空看見一個水潭，石碑上刻著「碧波潭」幾個大字。他猜想，這老牛騎的是避水金睛獸，一定是下了這水潭了。他就變成一隻螃蟹，撲通跳進水潭裡，直沉到水底，看見一座牌樓，牌樓下面拴著牛魔王的避水金睛獸。走進排樓就沒有水了，裡面好大一座宮殿，宮殿裡吹吹打打，老龍精正陪著牛魔王在喝酒呢！

　　孫悟空變的螃蟹，橫著身子，沙沙沙一直往前爬，爬到宮殿裡探頭探腦，被老龍精發現了：「哪來的螃蟹？我在請

客，竟敢來搗亂。快捉去殺了。」嚇得孫悟空沒命地往外爬，一直爬到牌樓前，心想：老牛在這裡喝酒，說不定喝到半夜才完。我正好借他的牲口用一用。他搖身一變，變成牛魔王的樣子，騎了避水金晴獸，離開水潭，一直跑到翠雲山去了。

鐵扇公主把假老牛當做真老牛。笑盈盈地說：「喲，大王你出門去快兩年了吧！什麼風把你給吹回來了？」

假牛魔王說：「我聽說唐僧取經到了火焰山，我怕他徒弟孫悟空來借扇，你可對付不了，就趕回家來瞧瞧。」

鐵扇公主一鼻子酸哭起來：「我差點死在他手裡了。」

假牛魔王裝作吃一驚，說：「這麼說，孫猴子來過了？」

「可不是來過了。」鐵扇公主噗哧一下又笑了起來：「大王，我給他的是假扇，越搧火會越旺，說不定孫猴子早給燒成灰了。」

假牛魔王也跟著露出笑臉，說：「燒死那猴子才好哩！」又問：「真的扇子在哪裡？」

鐵扇公主一張嘴吐出芭蕉扇，遞給假牛魔王。假牛魔王可不知道怎麼把小扇子變成大扇子，只好問鐵扇公主。

鐵扇公主說：「呀，你出門兩年，連自己家的寶貝怎麼使用都忘了。你用左手的大拇指按住扇柄上第七根紅線，念

一聲『喝吸嘻吹呼』，小扇子就變成大扇子了。」

假牛魔王聽到這裡，拿手往臉上一抹，又變成孫悟空了，說：「鐵扇公主，你好好看一看，我是你家那個男人嗎？」

鐵扇公主一看是孫悟空，羞得滿臉通紅，倒在地上哇哇叫：「氣死我了，氣死我了。」

孫悟空邁開大步走出山洞，跳上雲頭，照著鐵扇公主說的法子一試，小扇子真的變成大扇子了。可是他沒學到怎麼讓大扇子變成小扇子，只好扛著那麼把大扇子走。

再說牛魔王在碧波潭喝了酒出來，走到牌樓下面，一看，避水金睛獸不見了，他這才想起孫悟空來，不用說，剛才那隻螃蟹是他變的，避水金睛獸是他偷的。「這猴子準是變成我的樣子，騎了我的牲口，到翠雲山去騙芭蕉扇了。」想到這裡，牛魔王急忙分開水路，走出水潭，駕起雲頭，來到翠雲山，可是遲了一步，芭蕉扇已經被孫悟空騙走了。

牛魔王馬上駕起雲頭去追孫悟空，追了一程路，看見前面遠遠的孫悟空扛著一把扇子，就搖身一變，變成豬八戒的樣子，一邊追，一邊叫：「哥哥，我老豬來了。你夠累了，歇一會兒，我來扛。」

孫悟空太高興了，就沒仔細看，把假的當成真的了，把扇子遞給他。

　　牛魔王把大扇子變成小扇子，哈哈大笑，說：「猴子，你看我是誰？」說著把臉一抹，現出牛魔王本相。

　　孫悟空氣得直跺腳，拿出金箍棒就打，牛魔王忙拿鐵棍擋住，他們乒乒乓乓打了半天。豬八戒來了，拿出釘鈀就鑿，嚇得牛魔王身子一閃，逃回積雷山去。

　　孫悟空和豬八戒緊緊跟上，一頓鐵棒加一頓釘鈀，把牛魔王的洞門打得粉碎。牛魔王只好出來跟他們再打。孫悟空、

豬八戒兩個打他一個，他怎麼吃得消，慌忙把鐵棍一扔，變成一隻白鶴，飛到天上去了。

孫悟空搖身一變，變成一隻老鷹去啄白鶴。

白鶴一個跟頭栽到地上，變成一隻梅花鹿，一邊走，一邊吃草；那老鷹也落到地上，變成一隻大老虎，張開大嘴，去咬梅花鹿。

牛魔王沒辦法了，只好現出原形——一頭大白牛。這頭大白牛可不得了了，兩隻角就像兩座鐵的寶塔，朝著孫悟空猛衝過去。孫悟空可不怕，身子一扭，就長得像座高山，手裡的金箍棒像根大柱子，朝大白牛的大腦袋打去。

牛魔王知道這一棒打下來，他就沒命了，連忙叫起來：「別打，別打，我把扇子借給你。」他打了滾，又變成牛魔王，嘴裡吐出芭蕉扇，乖乖地交給孫悟空。

孫悟空拿了芭蕉扇，朝火焰山一搧，八百里火焰就滅了，又一搧，呼呼呼呼風來了；再一搧，沙沙沙沙雨來了，好涼快啊！他們過了火焰山，孫悟空讓唐僧、豬八戒、沙和尚先走，他又到翠雲山去，把芭蕉扇還給了鐵扇公主。

唐僧他們一路往西走。一年冬天，來到小子國。他們邊走邊看，只見大街上家家戶戶門口放著個養鵝的竹籠。上面

蓋著一塊五彩的綢子，裡面都是孩子，全是男的，奇怪，奇怪。

唐僧他們找了個客店住下，吃了晚飯，就問店主人，店主人悄悄地告訴他們，三年前來了個老道士，他的女兒當了王后，老道士也就做了大官。這半年來，國王害了重病，什麼藥吃了也不見效，那個老道士說：拿一千一百一十一個小男孩放在鍋子裡熬的湯，國王吃了，不但病會好，還能長命百歲。聽說國王定在明天熬湯吃藥，那些孩子就沒命了。

唐僧聽了，嚇得全身發麻，淚水嘩嘩的流。沙和尚想了想說：「誰聽說過這樣治病的？會不會那老道士是個妖怪，自己想吃孩子，編出這麼個藥方騙國王的？」

唐僧說：「悟空，你要是救了孩子，師父就給你磕頭。」正說著話，一陣風吹過來，一股冷氣直往屋子裡鑽。唐僧說：「哎呀，這大冬天，咱們待在屋子裡還嫌冷，那些孩子露天過一天，不都凍壞了嗎？」

孫悟空拍拍胸脯說：「師父，這事兒交給我老孫啦！」他一跳到空中，叫一聲：「土地，山神，快來見我！」

土地、山神急急忙忙趕了來：「哦，原來是大聖！夜裡叫我們來，有什麼急事？」

「老孫請你們辦一件事。把大街上家家戶戶的孩子，連鵝籠一起搬到城外去，找個風吹不著的地方藏一兩天。一、別讓孩子們凍著，二、別讓孩子們餓著；三嘛，好好逗孩子們玩，教他們唱個兒歌，給他們講個故事。還有，把屎把尿，全是你們的事。等到我們走的時候，再把孩子們送回來。」

土地是小老頭，山神是傻大個，誰幹過這種事呀？沒法子，齊天大聖的命令，不會也得學著做。他們倆就颳起一陣陣陰風，把孩子們全搬到遠遠的一個山坳裡去了。

第二天早上，孫悟空變成一隻小飛蟲，叮在唐僧的帽子上，跟著唐僧到王宮裡去。唐僧抬起頭來一看，國王真的病得很厲害，瘦得只剩一把骨頭了，講起話來，上氣不接下氣。

就在這時候，那個老道士來了，仰著頭，大搖大擺的好神氣。他見了國王也不行禮，就往旁邊一把椅子上一坐，把唐僧從頭看

到腳，笑著點頭：「哦，你是唐僧！」

孫悟空一看就明白了，他飛到唐僧耳朵邊輕輕地說：「師父，他是個妖怪！你先回去，老孫在這裡聽他講些什麼話。」

唐僧走出王宮，回客店去了。幾個官兒急急忙忙進來報告，昨夜一陣陰風，把一千一百一十一個男孩颳跑了。

國王聽了，氣得發瘋，老道士反而哈哈大笑起來，說：「老天爺送一種更好的藥來了。剛才那個取經的和尚唐僧，大王吃了，準能活上一萬歲。」

糊塗國王相信了，下命令，把城門閂緊，不准人們出城去，再派人把唐僧請了來。

這可不得了！孫悟空一振翅膀飛回客店，叫著：「師父，大禍臨頭了！」

他把事情說了一遍，嚇得唐僧倒在地上，渾身汗淋淋，兩眼直瞪瞪，昏過去了。還好，很快又醒了過來。

孫悟空說：「想要好，大做小。就是師父當徒弟，徒弟當師父，咱倆換一換。」

孫悟空叫豬八戒捧一團爛泥回來，他抓起一把，拍成大餅似的一片，往自己臉上一按，就按出個猴臉模子，再往唐僧臉上一貼，吹了一口氣，叫聲「變！」唐僧就變成孫悟空

的樣子了。他自己搖身一變，變成唐僧的樣子。

國王派了個大官，把假唐僧請到王宮裡去。國王眉開眼笑的說：「我害了重病，今天特地向你求一味藥。我吃了你的藥，病好了一定替你造座廟，塑尊神像，一年四季為你燒香。」

假唐僧說：「大王，你好糊塗！我是和尚，不是醫生。」國王說：「這味藥就在你身上──是你的心！」

「喲，原來是這麼回事呀！你要我的心，我給你不就得了？我有好多心，不知道你要的是什麼心？」

國王呆住了，老道士說：「唐僧，要你的黑心！」

假唐僧說：「我可不知道自己有沒有黑心。這樣吧！拿把刀來，我把我的心全掏出來，如果有黑心，一定奉送。」

國王就叫人拿一把鋒利的刀來。假唐僧解開衣服接過刀，嘶啦一下，就把胸口剖開了，骨嘟骨嘟，從裡面掏出好多心來，紅的，白的，黃的，藍的，就是沒有黑的。

國王看到這景象，快嚇死了，叫著：「快收起來，快收起來！」

假唐僧把那些心拾起來，塞回胸口裡，胸部的傷口一下就合攏了，連條縫兒也沒有。

孫悟空變出本相，說：「國王，你不是要黑心嗎？我給你找一顆來，遠在天邊，近在眼前，老道士的心就是黑的。」

老道士一看，和尚的臉變了樣，剛才是白白嫩嫩的，一眨眼就變成毛臉了，心裡發了慌：「你、你是什麼人？你怎麼知道我的心是黑的？」

「我怎麼不知道？你盡幹壞事，心準是黑的。不信？我把你的心取出來讓大家瞧瞧。」

孫悟空右手拿著刀，左手去抓老道士的胸口，嚇得老道士駕起雲頭就跑。

孫悟空一個筋斗翻到空中，大叫一聲：「妖怪，看你往哪裡跑，嘗嘗老孫的鐵棒。」老道士就拿手裡的龍頭拐杖，和孫悟空打了起來。老道士打不過孫悟空，從空中掉下來，掉到王宮裡去，帶了他女兒，化做一道寒光逃走了。

國王這才知道王后和老道士都是妖怪，剛才的「唐僧」是孫悟空變的，忙派人去請唐僧、豬八戒、沙和尚來。孫悟空把唐僧臉上的猴臉模子剝下來，朝他吹了口氣，唐僧就現出原來的樣子。

妖怪到哪裡去了呢？孫悟空找來找去沒找著。

國王說：「三年前，他們來的時候，說過住在柳林坡的

清華莊，離城不遠，朝南走七十多里路就到了。」

孫悟空說：「有地名不怕找不到。八戒，跟我去走走。」

城南七十里，有一條小溪，小溪兩岸盡是柳樹。不用說，這就是柳林坡，可是哪來的清華莊？

孫悟空說：「八戒，別著急，我找個人問問路。」就叫聲：「土地老頭兒，還不快來見我。」

柳林坡的土地來了，一見孫悟空，慌忙跪下磕頭。

「起來，起來！柳林坡有個清華莊在哪裡？怎麼走？」

土地看見孫悟空拿著金箍棒，嚇得土地說：「大聖，請你把鐵棒收起來，我知道的全告訴你，你們到小溪的南岸去，找到一棵大柳樹，有九個樹杈，繞著它向左轉三轉，再向右轉三圈，雙手撲在樹身上，連叫三聲『開門』，就找到清華莊了。」

孫悟空和豬八戒跳過小溪，一路找過去，真的找到一棵九個分杈的大柳樹，孫悟空繞著大柳樹向左轉三轉，又向右轉三圈，雙手撲在樹身上，大叫：「開門，開門，開門！」

只聽見嘩啦一聲，大柳樹不見了，地上打開兩扇門，原來是個地洞。孫悟空叫豬八戒守在洞口，他自己走進地洞去。

這個洞裡面很大很亮，一條彎彎曲曲的小路，兩邊長滿

花草樹木，真像個花園呢！

孫悟空走到小路盡頭，看見前面豎著一塊大石頭，方方正正，上面刻著三個大字：「清華莊」。他正要往前走，忽然聽見說話的聲音，就收住腳步，側著耳朵傾聽。

「唉！好不容易騙國王，弄到一千一百一十一個男孩子……」這是女人的聲音。

「小男孩不見了，來了個唐僧更好！」這是老頭的聲音。

「想不到什麼也沒吃成，真倒楣！」

「都怪那個毛臉和尚，哪天捉住他，非把他剁成肉醬不可。」

孫悟空聽到這裡，火冒三丈，一棒把那塊大石頭打得粉碎，往裡面一瞧，就是那個老道士，還有那個當了王后的女兒，大叫一聲：「毛臉和尚就在這裡！」舉起金箍棒就打。老道士忙拿起龍頭拐杖應戰，孫悟空一路打出來，到了洞口，老道士可沒想到有個豬八戒等著他，被豬八戒鑿了一釘鈀，嚇得化成一道寒光，向南邊逃走。這回孫悟空可不放過他了，和豬八戒一路追，快追上了，那道寒光忽然一閃不見了，抬頭一看，前面一位老公公，笑咪咪的在向他們點頭，說：「大聖，八戒，別追了，他在我袖子裡呢！」

這位老公公額頭特別大，鼓出來就像個皮球，他是南極老人——老壽星。老壽星說：「你們兩位就饒了他吧！他是我騎的梅花鹿，我跟客人才喝杯茶，下盤棋，沒想到這畜牲偷了我的龍頭拐杖，到這地方來興妖作怪。」他把袖子一抖，那道寒光就現出原形，真的是一頭梅花鹿。老壽星謝了孫悟空、豬八戒，騎上梅花鹿就要走。

孫悟空說：「慢來！老弟，你的牲口當妖怪害人，你說了聲『謝謝』就走嗎？沒這麼便宜！我看見了，你袖子裡有三顆棗子，快拿出來給我。」

老壽星笑著說：「你這猴子眼睛真尖！我袖子裡真有三顆棗子，是剛才跟客人喝茶時的茶點，我牙不好，沒吃，就給你們吃吧！」

孫悟空說：「蟠桃、仙丹、人參果我全吃過，誰稀罕你的棗子。這三顆棗子，我要給那個糊塗國王吃。」

老壽星留下棗子走後，孫悟空對豬八戒說：「山洞裡還有個女妖怪呢！」

豬八戒心想：女妖怪沒本事，不怕她。就說：「哥哥，我去打！」他拿了釘鈀進山洞，一路嚷著：「捉妖怪，捉妖怪！」那個女妖怪嚇死了，也化做一道寒光往外逃，逃到洞口，正

好撞上了金箍棒，地上打個滾，現出原形，是隻白面狐狸。豬八戒追出來一釘鈀，鑿了她九個洞洞。

孫悟空和豬八戒扒了一大堆枯樹枝，把妖怪住的地洞塞得滿滿的，點了一把火，又吹起一陣風，呼啦啦啦啦，把清華莊燒得一乾二淨。

孫悟空叫豬八戒拖了那隻狐狸，一起回程去。國王和文武百官早就立在王宮門口，見他們來了，一齊下拜。

豬八戒大步走向前去，把那隻狐狸往國王面前一扔，說：「這就是你的王后，說有多美就有多美！」國王又是怕，又是羞，漲得滿臉通紅，說：「謝謝你們兩位，救了我國一千一百一十一個孩子。」孫悟空也走近去，說：「救了孩子還救你呢！」掏出三顆棗子遞給國王，國王吃了，病痛馬上好了，對孫悟空千謝萬謝，還命令大擺筵席，宴請唐僧他們，親自送他們出城往西天取經去。

唐僧他們走出城門，忽然一陣風吹來，路邊落下一千一百一十一個鵝籠，原來是土地和山神把孩子們送回來了。城裡各家各戶都來認領孩子，一千一百一十一個媽媽看見孩子沒凍著，沒餓著，還活蹦亂跳的，連忙抱在懷裡，「心肝寶貝」的親個沒完。一千一百一十一個爸爸抬著豬八戒，扛著沙和尚，頂著孫悟空，牽著唐僧騎的馬，敲鑼打鼓，把

他們請回城裡來，這家請吃飯，那家請喝酒，有個人家給他們做衣服、做襪子、做鞋子，留他們住一個多月，才放他們到西天取經去。

有一年夏天，天氣熱極了，唐僧他們走走停停，一天，來到一個國家，前面不遠就是京城了。

他們加快腳步往前走，路邊柳樹底下過來一位老婆婆，攔住唐僧說：「和尚，別往前走了，快掉轉馬頭朝東走吧！你哪裡知道？這國家叫做滅法國，國王決心要殺一萬個和尚，已經殺了九千九百九十六個，還差四個，你們進去，不是去送死湊數嗎？」

唐僧聽了好害怕，就問：「這裡有沒有小路？我們不進城，從小路繞過去。」

「沒有，沒有，只有這一條大路。」

孫悟空認出這老婆婆是南海觀世音菩薩，忍不住說出來，唐僧、豬八戒、沙和尚立刻一齊跪下磕頭，觀世音則駕起雲頭，回普陀山去了。

他們怕走在大路上，人家看見了嚷起來，先找了個大土坑，躲在裡面休息。

孫悟空等天黑下來了，跳上雲頭，來到京城上空，低頭看見一片燈火，人來人往，熱鬧得很。他就變成一隻小飛蟲，沿著大街慢慢地飛，飛到街口，看見一排幾家門口都掛著燈籠，中間一家，燈籠上寫著「王小二店」。原來這幾家都是招待來往客人住宿的旅館，王小二店裡，八、九個客人已經脫了帽子、衣服，上床睡覺了。

孫悟空想出個主意來，他正準備動手把客人的衣服、帽子偷走，王小二走來，對客人們說：「各人要當心自己的衣服、行李，別讓人家拿錯了，更別讓小偷偷了。」

客人們說：「對，對！我們的衣服、行李，都請你收到裡屋去吧！」

王小二把客人們的衣服、行李，收到裡屋去，孫悟空只好跟著飛到裡屋去。等王小二睡著了，他的孩子又哭了起來，好半天他老婆才把孩子哄得睡著，又一針一針地縫起衣服，哎呀！得等到什麼時候？孫悟空急了，張開翅膀，朝火一撲，把火撲滅了。屋裡一片漆黑，他趁機現出本相，拿了衣服、帽子就走。

「師父、師弟，這滅法國，咱們一定能過去！不過和尚當不成了。」孫悟空給唐僧、豬八戒、沙和尚，一人發一頂帽子，一件外衣，然後說：「大家穿戴好後，跟我進城去！」

他們換裝後進了城，走到街口，經過王小二的客店，聽見裡面的客人在哇哇叫：「我的帽子、我的帽子不見了！」「我的外衣在哪兒？」孫悟空當作不知道，帶大夥向另一家客店走去。

這家客店的主人是個女的，人家叫她趙媽，她殷勤的接待說：「住店嗎？請進，先上樓坐坐。」

唐僧他們進了店，上了樓，靠窗口坐下。趙媽送茶來：「客人，一路上辛苦了，你們是做什麼買賣的？」

孫悟空說：「我們是賣馬的。一百多匹馬都在城外，只牽了一匹白馬來做樣子，給顧客看看。」

趙媽媽心想，賣馬的可是有錢的客人，就朝樓下吼起來：「夥計，快殺雞、殺鵝、殺豬、殺鴨。」

唐僧聽到要殺雞殺鵝，著急了，和尚是吃素的，怎麼能吃葷呢？他偷偷地捏了孫悟空一把，孫悟空明白了，就說：「趙媽媽，今天正巧我們吃素。雞呀，鵝呀，明天吃吧！」

趙媽媽朝樓下又吼：「別殺了，別殺了！客人今天吃素。快拿木耳、金針、香菇、竹筍、豆腐、麵筋，做一桌素菜來。」

吃過飯，唐僧對孫悟空說：「咱們睡在哪呀？要是睡熟了，帽子滾下來，讓人家看見光頭，那可不得了！」

217

「唐大官，你別著急，讓我來問一問。」孫悟空把趙媽媽叫上樓來，問她：「趙媽媽，我們睡在哪裡？」

「就睡在這樓上不好嗎？沒蚊子，窗口朝南，南風吹來，涼快得很呢！」

「不行，不行！我們幾個人都有點毛病，有的怕亮光，有的怕風。你給我們找個不透風、不透光的地方，行嗎？」

趙媽媽在她店裡兜了一圈，找不到這麼個地方。她女兒說：「媽，咱們家不是有一口大櫃子嗎？七尺長，五尺寬，三尺高，擠一點兒，夠他們四個人睡了。」

「對，對，對！那口大櫃子不透風不透光。不知道他們願意不願意，我去問一問。」

趙媽媽娘兒倆在樓下說話，孫悟空在樓上聽得一清二楚，就大聲說：「好，好！我們就睡在那櫃子裡吧！」

趙媽媽等他們下了樓，領他們到櫃子跟前。豬八戒打開蓋子就往裡面爬，沙和尚把行李放進去，再攙著唐僧一起進去。孫悟空把白馬牽來，拴在櫃子旁邊，才一跳跳進櫃子，對趙媽媽說：「趙媽媽，蓋子蓋上，拿鐵鎖鎖上，請你再看看哪兒透光，哪兒透風，拿紙兒糊上。」

可憐啊！這大熱天，櫃子裡多悶。你挨著我，我挨著你，

受得了嗎？他們脫下褂子，把帽子拿在手裡當扇子搧，快到半夜才慢慢睡去。

只有孫悟空睡不著，伸手去搔豬八戒的腳底心。豬八戒把腳一縮，嘴裡哼哼：「睡了吧！夠辛苦的。」

孫悟空就跟他吹起牛來：「咱們這次賣馬，本錢五千兩銀子，頭一回賣得了三千兩，這回又能賣六千兩。」

這些話讓客店裡一個燒火的夥計聽見了。他跟強盜是一夥，就溜出店去，叫了二十多個強盜，衝到客店裡來，別的不搶，只把那口大櫃子拿繩子一捆抬了走。這櫃子好重，他們以為裡面有千萬兩銀子呢！臨走，他們順手把白馬也牽走了。

大櫃子晃呀晃的抬著走，豬八戒迷迷糊糊還以為孫悟空在搖他：「哥哥，你幹嘛搖我？別開玩笑了。」

孫悟空說：「別說話，沒人搖你。」過了一會兒，唐僧醒來：「咦，好像有人抬著咱們走。」孫悟空說：「師父，別嚷嚷，讓他們抬，最好一直抬到西天去，省得咱們走路。」

那些強盜抬著大櫃子往城門走去，正好碰上巡邏的官兵，嚇得把大櫃子往路邊一扔就跑，那匹白馬也不要了。官兵們抬了櫃子牽了白馬回兵營去，等天亮了再向國王報告。

大櫃子裡，唐僧罵起孫悟空來：「都是你這猴子瞎吹牛，這回咱們四個準沒命了。」

「沒事！師父，你儘管睡覺。」孫悟空把金箍棒變成鑽子，兩鑽三鑽，在櫃子上鑽個小洞。他就變成一隻螞蟻，從洞裡爬了出去，現出本相，駕起雲頭，到王宮裡去。

已經過了半夜了，人們睡得正熟。好個孫大聖！他來到王宮裡，大顯神通；把右邊胳膊上的毫毛拔下來，變成幾千隻瞌睡蟲，再把土地爺叫來，領了瞌睡蟲，在王宮裡跑一圈，然後到那些當官的府上走一遍，從國王、王后、王子、公主到宮女、太監，還有大官、小官、元帥、將軍一個人給他一隻，瞌睡蟲鑽到鼻孔裡去，人就醒不過來。孫悟空又把左邊胳膊上的毫毛拔下來，變成幾千隻小猴子，再把金箍棒拿在手裡晃了晃，叫聲：「寶貝，變！」變成幾千把剃刀，一隻小猴拿了一把剃刀，幹什麼？剃頭去。

小猴子可沒學過剃頭的手藝。孫悟空把牠們帶到國王住的宮殿裡去，說聲：「小的們，好好瞧著！」拿起剃刀，在國王的腦袋上，沙沙沙，幾刀就剃的精光。小猴們也如法炮製，照樣比幾刀把其他人的頭髮也剃的精光。

哪裡知道，文武百官也一個個沒了頭髮，心驚膽戰地來向國王報告。國王嘆口氣說：「以後再也不敢殺和尚了！」王宮裡正亂著呢。巡邏的官兵抬了一只大櫃子，牽了一匹大白馬，到王宮裡來。

　　唐僧哪裡知道孫悟空這一夜，玩了那麼多花樣？一路不停的煩惱：「徒弟們，見了國王，說什麼好？」

　　孫悟空說：「師父，你儘管放心，我統統安排好了。他們準拜咱們做師父。你是大師父，我們三個也弄個小師父當當。」

　　話還沒說完，人已經到王宮裡了。國王命令打開櫃子。敲開鎖，打開蓋子，豬八戒忍不住第一個跳出來，文武百官都傻了眼，說不出話來，接著，孫悟空扶著唐僧出來，沙和尚搬出行李。豬八戒看見一個武官牽著白馬，叫了起來：「這是我們的白馬，牽過來！」嚇得那武官跌了個跟頭，在地上半天起不來。

國王又驚又喜，說：「老天爺怕我們剛當和尚，念不了經，派了四個師父教我們來了。」說著，帶領百官、將軍們一齊跪下磕頭。

　　唐僧說：「這可不敢當。我們是取經的和尚，你別殺我們，放我們到西天去就好了。」

　　從此以後，這個國王再也不殺和尚了，還把滅法國改名叫欽法國，是尊敬佛教的意思。

唐僧、孫悟空、豬八戒、沙和尚，碰到了多少危險，克服了多少困難，走了十年，一天來到一個地方，地上長著靈芝，樹上停著仙鶴，前面有一座高樓，門口站著一個小孩，朝著他們大聲喊：「你們是唐朝來的取經和尚吧？」

　　孫悟空悄悄地說：「師父，別看他是個小孩，他是金頂大仙呢！在這裡等了我們十年了。」

　　唐僧慌忙向金頂大仙行禮，他們牽了白馬、挑了行李進去，金頂大仙就叫人沏茶、備飯。傍晚，又領了他們到溫泉洗澡。

　　這座高樓後面就是西天的靈山，唐僧就是要到西天靈山來取經的。

　　第二天，唐僧他們慢慢地向上走。山頂飄著五彩的雲朵，雲朵裡有一座雷音寺，是如來佛住的地方。他們走了五、六里路，忽然沒路了，前面是一條河，有八、九里寬。他們走過去一看，上面有座獨木橋，一根又細又滑的圓木頭一直架到對岸。

　　唐僧害怕的說：「悟空，另外找一條路走吧！」豬八戒也很害怕說：「這獨木橋誰敢走？河又寬，水又急，掉下去可不是玩兒的。」

孫悟空說:「我走給你們看。」他跳上獨木橋，蹬蹬蹬蹬，一會兒就走過去了，他朝著唐僧喊:「好走，好走！快過來呀！」唐僧不停地搖頭，豬八戒、沙和尚咬著手指頭說:「難，難，難！」孫悟空又從那邊走了過來，說:「只有這一條路，不走就到不了靈山，取不了經。」豬八戒說:「取不了經就算了，早知道這麼難，我就不來了。」孫悟空聽他這麼說，跟他吵起架來。

　　就在這時候，有個人撐了一條船靠了岸，嘴裡叫著:「擺渡啊，擺渡啊！」

　　他們歡天喜地地跑過去，一看，那條船是沒底的。唐僧說:「這條破船，怎麼能渡人？」孫悟空火眼金睛，早就看出撐船的是接引佛——如來佛派來接他們過河的。他在唐僧背上猛一推，把唐僧推上船去。說來也真奇怪。船兒沒有底，人還是站得好好的沒掉下去。豬八戒、沙和尚知道沒事，才挑了行李牽著白馬上船去，由接引佛送他們過河。

　　唐僧他們穩穩當當過了河，上了岸，正要回頭謝謝接引佛，一看，人沒了，船也沒了。

他們一齊走到靈山的山頂，來到雷音寺的大門外面，就有四大金剛往裡面通報，大門報到二門，二門報到三門，一直報到如來佛那裡。如來佛十分高興，召集了八位菩薩、五百尊羅漢，整整齊齊站在兩邊，才讓唐僧和三個徒弟進來。

來到大雄寶殿前面，唐僧先拜如來佛，再拜左右兩邊菩薩、羅漢，然後在如來佛面前跪下，說：「我奉了唐朝太宗皇帝的命令，到西天靈山來取經，請佛爺把經給我，讓我早早回國。」

如來佛點頭微笑，叫左右兩個徒弟阿難、迦葉，揀出三十五部經來，交給唐僧帶回去。唐僧謝了如來佛，阿難、迦葉先領唐僧他們赴宴，宴席擺的都是仙茶、仙果，吃了能長生不老。這可便宜了豬八戒，他放開肚子，大吃一頓。接著，阿難、迦葉領他們到藏經樓，把經文交給了他們。

唐僧將取得的經文包好，由白馬馱一大包，豬八戒、沙和尚各挑一擔。他們走出大門，就有八個金剛駕起雲頭，送他們回唐朝去。這回可不像來的時候那樣爬山涉水，而是騰雲駕霧，速度快極了。

再說雷音寺裡，觀世音菩薩心裡一算，唐僧取經應該經過九九八十一難，他們過了八十難，還少一難哪！急忙派了一個神仙去追趕金剛，讓唐僧再經一難。那個神仙趕了一天

一夜，趕上金剛，趕緊把雲頭收住，唐僧他們就一起落到地上了。

這突來的變化可把他們嚇了一跳，豬八戒說：「那些金剛偷懶，回去了。」沙和尚說：「是怕咱們累了，讓咱們在這裡休息休息。」唐僧說：「別多嘴了，快看看這是個什麼地方？我聽見嘩嘩的河水在響呢！」

孫悟空跳到空中，仔細看了看，下來說：「師父，回到老地方了，這兒是通天河的西岸。」

唐僧說：「哦，這兒是通天河！河的東岸有個陳家莊，那年你和八戒變成小孩，救了兩個小孩。」

孫悟空說：「是啊！是我請來觀世音菩薩，收了鯉魚精，才把師父救出來，後來是一隻大烏龜背著我們過河的。」

唐僧說：「這回咱們怎麼過河呢？」

孫悟空已經知道觀世音菩薩要讓唐僧再經一難，但是他不能說出來，就說：「師父，咱們走著瞧吧！」

他們剛走到河邊，忽然聽到誰在叫：「大和尚，大和尚，這裡來，這裡來！」

唐僧四面看了又看，沒人，朝河裡一看，啊！是一隻大烏龜伸出頭，正在叫他：「大和尚，我等了你多少年了，你怎麼才回來呀？」

　　正是當年帶他們過河的那隻大烏龜。孫悟空說：「烏龜大哥，那年勞累了你，今天還得麻煩？」牠慢慢爬到岸上來，說：「請吧！」

　　孫悟空牽了馬走到大烏龜的背上去，讓唐僧站在馬的左邊，沙和尚站在馬的右邊，豬八戒蹲在馬尾巴下面，他自己站在大烏龜的頭上。

　　大烏龜等他們都站穩了，才邁開四隻腳，慢慢地下了河，向東岸划去。快到達東岸時，大烏龜忽然開口問唐僧：「大和尚，那年我託你辦件小事，你到了西天，見了如來佛，替我問過沒有？」

　　唐僧聽他這麼一說，才記起來，糟糕！他到了西天，見到如來佛，一心只想著取經，就把大烏龜託他辦的事忘了。他難過得說不出話來。大烏龜見他不說話，知道他沒問，生氣的把身子一晃，撲通，撲通，唐僧、豬八戒、沙和尚、白馬和行李，全落了水。孫悟空一把抓住唐僧，把他救上岸來，豬八戒、沙和尚會游泳，白馬本來是龍，更不怕水，可是他們取來的經全打濕了，這就是第八十一難。

他們在岸上露天待了一夜。第二天太陽很好，他們把經搬到高坡上去，一本本攤開晾乾。那邊來了幾個捕魚的人，認出唐僧他們，消息一傳十，十傳百，陳家莊家家戶戶點了蠟燭燒香，來迎接唐僧他們。唐僧他們把經全部晾乾，就起身回唐朝去。走出不遠，那八個金剛又來送他們，才幾天就到了唐朝京城長安。唐朝的太宗皇帝知道他們取經回來，特別率領文武百官，以最盛大的禮儀，迎接他們進入長安城。

　　唐僧回到長安，住在慈恩寺。他在寺裡造了一座大雁塔，把取來的經藏在大雁塔裡。唐朝的太宗皇帝親自寫了一篇文章，表揚唐僧千辛萬苦到西天取經，這篇文章的題目叫做〈聖教序〉，後來刻在一塊石碑上。

　　孫悟空等則隨八大金剛回到西天。如來佛晉封孫悟空為鬥戰勝佛，豬八戒做淨壇使者，沙悟淨封為金身羅漢，而白馬則入化龍池，退了毛皮，換了頭角，渾身長出金鱗，成為八部天龍，盤繞在天華表柱上。

　　長安，現在叫做西安。一千多年過去，大雁塔還穩穩當當，站在西安古城的南面。它像一位高個子老爺爺，身形挺結實，長年累月在眺望美麗的田野、美麗的城市，有時候，也許在回想唐僧的模樣，回想他取經的事兒呢！

孩子的經典花園

西遊記

2020年2月初版　　　　　　　　　　　　　　　　定價：新臺幣480元
有著作權‧翻印必究
Printed in Taiwan.

原　　　著	吳承恩	
作者改寫	魯　冰	
繪　　　者	朱延齡	
監　　　製	孫家裕	
導　　　讀	楊昌年	
叢書主編	黃惠鈴	
叢書編輯	葉倩廷	
校　　　對	趙蓓芬	
整體設計	王　穎	
編輯主任	陳逸華	

出　版　者　聯經出版事業股份有限公司　　　總編輯　胡金倫
地　　　址　新北市汐止區大同路一段369號1樓　　總經理　陳芝宇
編輯部地址　新北市汐止區大同路一段369號1樓　社　長　羅國俊
叢書主編電話　(02)86925588轉5312　　　　發行人　林載爵
台北聯經書房　台北市新生南路三段94號
電　　　話　(02)23620308
台中分公司　台中市北區崇德路一段198號
暨門市電話　(04)22312023
台中電子信箱　e-mail：linking2@ms42.hinet.net
郵政劃撥帳戶第0100559-3號
郵撥電話　(02)23620308
印　刷　者　文聯彩色製版有限公司
總　經　銷　聯合發行股份有限公司
發　行　所　新北市新店區寶橋路235巷6弄6號2樓
電　　　話　(02)29178022

行政院新聞局出版事業登記證局版臺業字第0130號

本書如有缺頁，破損，倒裝請寄回台北聯經書房更換。　　ISBN　978-957-08-5464-0 (平裝)
聯經網址：www.linkingbooks.com.tw
電子信箱：linking@udngroup.com

國家圖書館出版品預行編目資料

西遊記/吳承恩原著．魯冰改寫．朱延齡繪圖．初版．
新北市．聯經．2020年2月．240面．21×24.5公分
（孩子的經典花園）
ISBN　978-957-08-5464-0（平裝）

857.47　　　　　　　　　　　　　　　108022052